Die drei !!!

Die drei !!!

Stadt – Land – Zug

Auf Verbrecherjagd quer durch Deutschland

Kari Erlhoff

Mit Illustrationen von Ina Biber und Andrea Jansen

KOSMOS

Umschlaggestaltung: Maria Seidel unter Verwendung einer Illustration von Ina Biber, Gilching
Innenillustrationen: Ina Biber (S. 15, 55, 64, 73, 106, 130, 138, 178) und Andrea Jansen (S. 28, 37, 48, 81, 89, 117, 152, 163, 187)

Bildverzeichnis:
Shutterstock: S. 21 (Segelschiffe) bluecrayola; S. 35 (Elbphilharmonie) Mapics; S. 41 (Schweriner Schloss) nattawrit.sree; S. 49 (Berlin) SP_Photo; S. 57 (Baumkronenpfad) Ryszard Filipowicz; S. 65 (Grüne Zitadelle) Oleg Senkov; S. 77 (Pferd) Bianca Grueneberg; S. 85 (Bremer Stadtmusikanten) MNStudio; S. 103 (Medienhafen) Mapics; S. 111 (Frankfurt) Pigprox; S. 125 (Burg Eltz) fokke baarssen; S. 133 (Völklinger Hütte) maloff; S. 143 (Blautopf) Andreas Gerhardinger; S. 173 (Partnachklamm) Julia Wuggenig; 181 (Kramerbrücke) Sergey Dzyuba; S. 189 (Sächsische Schweiz) Mike Mareen; S. 5, 79–85 (Bremer Stadtmusikanten Symbol) Hennadii H.
iStock: Cover, Steckbriefe, Reiseplan (Deutschlandkarte) chrupka; Cover, Reiseplan, Spielbögen (Landschaft und Zug) Lyudinka; Cover, S. 5–188 (Gleise) anilyanik; S. 5, 9–21 (Möwe) A-Digit; S. 5, 23–35 (Anker) Passakorn_14; S. 5, 37–41 (Leuchtturm) briddy_; S. 5, 67–77 (Pferd) Hibrida13; Cover, S. 3, 5, 43–49 (Brandenburger Tor) drmakkoy; S. 6, 127–133 (Kopf mit Helm) browndogstudios; Cover, S. 3, 6, 87–103 (Fördergerüst) VanReeel; S. 5, 59–65 (Hexe) Panptys; S. 5, 51–57 (Filmklappe) Turgay Malikli; S. 6, 183–189 (Nussknacker) RedKoalaDesign; S. 6, 135–142 (Maultasche) melazerg; S. 6, 175–181 (Bratwurst) RedKoalaDesign; S. 6, 105–111 (Messeturm Frankfurt) Leontura; S. 6, 113–125 (Trauben) youngID; Cover, S. 3, 145–173 (Brezel) bamlou.

Einwohnerzahlen der Steckbriefe: © Statistisches Bundesamt (Destatis), 2019.

Unser gesamtes lieferbares Programm und viele weitere Informationen zu unseren Büchern, Spielen, Experimentierkästen, Autoren und Aktivitäten findest du unter **kosmos.de**

MIX
Papier aus verantwortungsvollen Quellen
FSC® C014138
www.fsc.org

Gedruckt auf chlorfrei gebleichtem Papier

ISBN 978-3-440-16875-2
Redaktion: Franziska Latoska, Lea Hille
Layout: Atelier Maria Seidel, Teising
Satz: Walter Typografie & Grafik GmbH
Produktion: Verena Schmynec
Druck und Bindung: Finidr, s.r.o., Český Těšín
Printed in Czech Republic / Imprimé en République tchèque

Inhalt

Inhalt

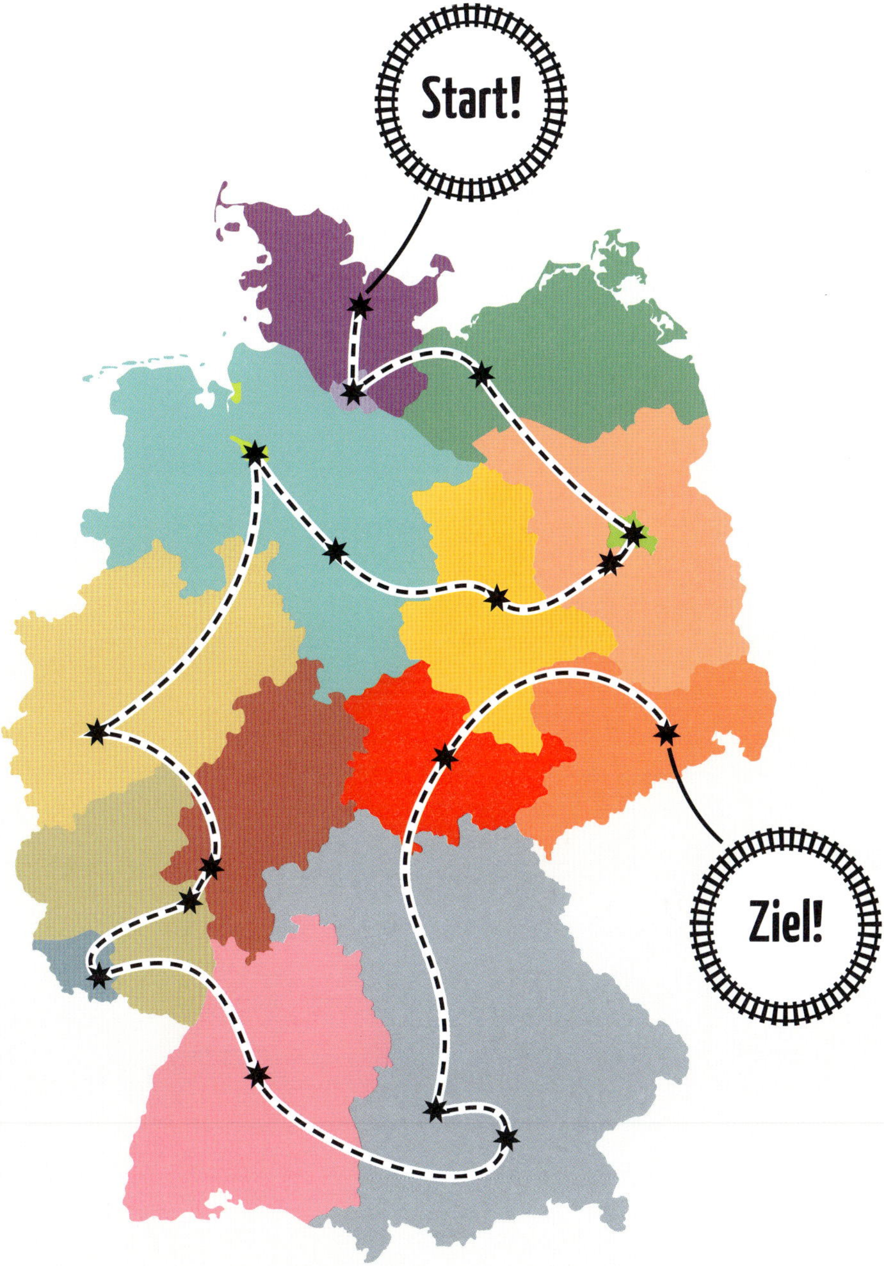
Start!
Ziel!

Schleswig-Holstein

SCHON BEREIST

NOCH NICHT BEREIST

Auf die Plätze, fertig, los!

Unser Urlaub an der Ostsee hat nur ein paar Stunden gedauert. Tschüss, Meer, jetzt geht es richtig los. Das Spiel beginnt! (Kim)

Tagebuch von Kim Jülich
Montag, 16:00 Uhr

Es gibt kein Zurück mehr! Die Bewerbung liegt im Briefkasten. Eben habe ich noch gehofft, dass wir dabei sind, doch jetzt kommen mir Zweifel. Wenn wir genommen werden, reisen Franzi, Marie und ich vier Tage lang durch ganz Deutschland. Und zwar ohne Eltern! Es ist kaum zu glauben, dass meine Mutter die Bewerbung überhaupt unterschrieben hat. Bestimmt kam die Lehrerin in ihr durch. Reisen bildet angeblich und Bildung findet sie unheimlich wichtig.

Außerdem ist sie Fan von ›Die Reisedetektive‹. So heißt der Brettspiel-Klassiker, um den es bei diesem Wettbewerb geht. Am Samstag hat sie ihr eigenes Exemplar vom Dachboden geholt. Es ist zwar schon fast 30 Jahre alt, aber es war noch vollständig. Man läuft mit der Spielfigur über eine Deutschlandkarte und muss Punkte sammeln. Das Spiel ist so alt, dass der Plan nur das halbe Deutschland umfasst – die BRD. Mama war natürlich mal wieder nicht zu bremsen und hat mir die ganze Sache mit dem geteilten Deutschland vorgetragen. Uff! Jetzt weiß ich wirklich alles! Mit Zahlen und Fakten. Wie Deutschland nach dem Zweiten Weltkrieg in die BRD und die DDR aufgespalten wurde und wie dann im Jahr 1990 durch die Wiedervereinigung aus Deutschland wieder ein Land wurde. Diese Wiedervereinigung hat Mama damals als Schülerin miterlebt. Sie muss echt großartige Erinnerungen an die Zeit haben. Sie wollte deshalb auch noch alte Fotoalben rausholen, aber meine Brüder und ich haben sie zu einer Partie ›Die Reisedetektive‹ überredet. Ehrlich gesagt war das sogar recht lustig und ich dachte, dass es Spaß machen könnte, die neue Version des Spiels live zu erleben. Es gibt nämlich zum Jubiläum eine Spielversion, in der die Spieler *wirklich* durch

Deutschland reisen. Marie und Franzi waren ganz begeistert von der Idee, dass wir gemeinsam in den Herbstferien wegfahren. Deshalb habe ich heute den Brief an die Firma Wunderbach Spiele abgeschickt. Das ist der Verlag von ›Die Reisedetektive‹. Ob wir wohl beim Start in Kiel dabei sind?
Zum Glück treffen Marie, Franzi und ich uns gleich im *Café Lomo*. Dann können wir bei einem *Kakao Spezial* über die ganze Sache reden.

Marie Grevenbroich schwankte. Die schwere Reisetasche schlug ihr gegen die Beine, während der Riemen des Schuhbeutels von ihrer Schulter rutschte. Dass sie zusätzlich noch ein Köfferchen voll Make-up dabeihatte, machte die Sache nicht leichter.
»Schneller!«, mahnte Kim Jülich. »Wir kommen sonst zu spät!«
»Das geht ja gut los«, amüsierte sich Franzi Winkler, die leichtfüßig die Treppen zum Bahnhof hochgesprungen war. Sie hatte nur einen Rucksack dabei. »Bei der Rallye durchs ganze Land schaffen wir es nicht einmal bis zum Start.«
Doch so leicht gab Marie nicht auf. Sie streckte das Kreuz durch, schob den widerspenstigen Riemen zurück und steuerte zielstrebig auf den Eingang des Hauptbahnhofs zu. Das Schlusslicht der kleinen Gruppe bildete nun Kims Mutter. Sie sah besorgt aus. Und Kim konnte sich auch denken weswegen. Frau Jülich hatte die Mädchen bis Kiel begleitet und auf das Spiel vorbereitet. Doch gleich musste sie Abschied nehmen. Seit dem Frühstück hatte Frau Jülich ihnen bereits vier Vorträge über sicheres Reisen gehalten. Die Punkte »Immer die Handys aufladen«, »Öffentliche Toiletten stets desinfizieren« und »Meldet euch täglich!« hatte sie sogar mehrfach wiederholt.
»Jetzt geht es wirklich los«, flüsterte Kim, als sie das Reisezentrum betraten. Ein riesiges Banner mit der Aufschrift »30 Jahre Wieder-

vereinigung, 30 Jahre Wunderbach Spiele!« war über einen Bereich gespannt, in dem sich zahlreiche Menschen tummelten. Eine Mitarbeiterin von Wunderbach begrüßte die Mädchen. Noch während sie ihnen ihre Spielerausweise um den Hals hängte, schob sie die drei !!! auch schon sanft, aber bestimmt zu einer kleinen Bühne. Kims Mutter winkte ihnen aus dem Publikum zu. Sie sah blass aus. Kim spürte, wie ihre eigenen Knie weich wurden. Menschen drehten sich zu ihnen um, Reporter machten Fotos und es gab sogar eine Filmkamera. Die Leute vom Spieleverlag blickten die Mädchen erwartungsvoll an und das gegnerische Team sparte nicht an arroganten Blicken. Kim, Marie und Franzi hatten Luca, Tobi, Leon und Erik bereits am Vorabend bei einem offiziellen Abendessen mit Veranstaltern und den Reisebetreuern kennengelernt. Es war anstrengend gewesen. Obwohl die Jungen nur unwesentlich älter waren, gaben sie sich als welterfahrene Gewinnertypen. Auch jetzt machten sie einen selbstsicheren Eindruck. Zumindest auf den ersten Blick. Nur wenn man genau hinsah, erkannte man, dass sie beinahe so nervös waren wie Kim.

»Herzlich willkommen bei Wunderbach!«, schallte es aus einem Lautsprecher. Ein rundlicher Mann mit schütterem Haar betrat die Bühne. Es war Hermann Wunderbach, der Geschäftsführer von Wunderbach Spiele. Sein Lächeln war freundlich, ebenso wie seine tiefe Stimme. »Spiele sind meine Leidenschaft«, erklärte er strahlend. »Und seit genau 30 Jahren mache ich Spiele für Kinder von 3 bis 99.«

Ein paar Leute im Publikum lachten, aber Kim war dafür viel zu aufgeregt. Sie war froh, dass ihre Freundinnen direkt neben ihr standen.

»Das Spiel *Die Reisedetektive* ist seit 1990 unser Verkaufsschlager. Deshalb haben wir pünktlich zum Jubiläum eine zeitgemäße

Neuauflage herausgebracht – grafisch überarbeitet, mit aktuellen Daten und Multimedia-Inhalten. Auch in dieser brandneuen Version geht es wieder um Detektive, die kreuz und quer durch verschiedene Städte reisen und geheime Aufträge erledigen. Dafür verlassen die Spieler das eigene Wohnzimmer normalerweise nicht. Ich sage *normalerweise,* weil wir uns heute treffen, um die Ausnahme zu feiern: Team Gelb und Team Grün werden schon in einer Stunde aufbrechen, um als reale Reisedetektive durchs ganze Land zu fahren.«

Einige der Journalisten schrieben hektisch mit. Für Kim waren all die Informationen nicht neu. Sie hatte sich bereits vor mehreren Wochen beworben. Nach einer Vorrunde mit vier schwierigen Rätseln hatte sie sich für die Teilnahme an der Rallye qualifiziert und die Erlaubnis erhalten, bis zu drei Freunde einzuladen. Und genau das hatte sie auch getan. Danach war alles sehr schnell gegangen: Die Herbstferien hatten begonnen, beide Teams waren nach Kiel gereist und die Reise-Betreuer hielten sogar schon die Kästchen mit den Spielkarten bereit. Kim spähte zu ihnen hinüber. Die beiden Betreuer standen ganz am Rand und wirkten nervös. Anna lächelte Kim zaghaft zu. Sie war Anfang 20 und arbeitete als Volontärin im Marketing von Wunderbach. Neben ihr stand Jonas. Er hatte im Vorjahr Abi gemacht und war der Praktikant in der Brettspiel-Redaktion. Beide würden die drei !!! für vier Tage begleiten und das Spiel unterwegs überwachen. Während Herr Wunderbach eine spannende Geschichte über reisende Detektive erzählte, überlegte Kim, ob sie alles dabeihatte: Proviant, Lieblingsbücher, Wäsche zum Wechseln, Duschgel ... Bestimmt hatte sie etwas vergessen.

»Unterwegs müssen die Detektive geheimnisvolle Rätsel lösen und Aufgaben übernehmen. Dafür kommen verschiedene Karten zum

Einsatz«, verkündete Herr Wunderbach unterdessen lautstark. Er hielt vier Karten hoch. »Rätselkarten, Aktionskarten, Strafkarten und natürlich … Joker.«

Kim hatte das alles schon bei der Infoveranstaltung im Verlag erfahren. Die Teilnehmer sollten unterwegs Karten ziehen und Punkte sammeln. Wichtig war, dass die Teams bei dem Spiel alle 16 Landeshauptstädte der Bundesrepublik Deutschland bereisten – und das so schnell wie möglich. Kim fasste in ihre Jackentasche. Der ausgedruckte Plan war noch da. Sie hatte sich die Mühe gemacht, möglichst praktische Verbindungen herauszusuchen, die das Team auf schnellstem Wege zu allen erforderlichen Städten führen würden. Es blieb zu hoffen, dass dieser Plan auch aufging. Schließlich mussten sie nebenbei auch noch Fragen beantworten und Aufgaben erledigen und dann konnte sich ein Zug auch mal verspäten. Darüber wollte Kim jetzt allerdings lieber nicht nachdenken.

»Ich frage mich, welche Strecke die Jungen wählen«, meinte Marie, als sie zwanzig Minuten später das Reisezentrum verließen. Der offizielle Startschuss war gefallen und Frau Jülich hatte sich widerwillig verabschiedet. »Denkt daran, immer eure Handys aufzuladen!«, rief sie ihnen nun doch noch hinterher.

»Ja, Mama!« Kim wurde rot.

»Und bleibt von der Bahnsteigkante weg, solange der Zug nicht steht!«

Kim winkte ihr noch einmal zu. »Ja, Mama.«

»Und vergesst nicht, regelmäßig Wasser zu trinken!«

»Oh, fällt dir der Abschied schwer?«, sagte Tobi vom Team Gelb mit gespieltem Mitleid. Er war schmal gebaut und hatte längere braune Haare. Er sah beinahe sympathisch aus, wenn da nicht dieses abschätzige Lächeln gewesen wäre. Es sorgte für einen fiesen Zug um seinen Mund.

»Ihr könnt jetzt schon mal losheulen«, verkündete Luca, ein hochgewachsener Junge mit kurzen blonden Haaren. »Ihr werdet so heftig versagen, dass es wehtut!«

»Träumt weiter«, sagte Marie lässig.

»Jungs, beeilt euch!«, mahnte der dunkelhaarige Erik. »Der Zug fährt ab!«

Schon rannten die vier mit ihren Betreuern los, ohne sich noch einmal zu den drei !!! umzudrehen.

Kim schaute Team Gelb angespannt hinterher. Luca, Tobi, Leon und Erik wollten offenbar so schnell wie möglich zum Gleis 5, wo der Regionalexpress nach Hamburg stand. Sie erwischten ihn in letzter Sekunde. Kim seufzte. Ohne Maries schweres Gepäck und die Ablenkung durch Frau Jülich hätten sie diesen Zug vielleicht auch noch erreicht. Es war sinnvoll, mit einer Fahrt in die Hansestadt an der Elbe zu starten. Kim hatte dieselbe Idee gehabt. Zum Glück würde bald der nächste Zug in diese Richtung kommen. Kim sah auf ihren eng bedruckten Zettel. Laut Plan blieb genug Zeit, um den Anschlusszug nach Schwerin zu bekommen. Dabei durften sie nur in der Eile nicht vergessen, ein Foto vom Bahnhofsschild in Hamburg zu machen. Sonst gab es keinen Punkt für das Bundesland.

»Die sind wir los«, knurrte Franzi, als der Zug mit Team Gelb aus dem Bahnhof fuhr. Dann drehte sie sich zu Anna. »Wann dürfen wir die erste Karte ziehen?«

»Erst wenn wir unterwegs sind«, erklärte Anna. Sie strich sich die langen roten Haare aus der Stirn.

Kim schaute auf ihren Zettel. »Wir müssen den RE 7 nehmen. Das ist ein Regionalexpress.«
Franzi lachte. »He, wir sind auch schon mal Bahn gefahren. Du brauchst uns nicht alles zu erklären.«
Kim wurde rot. »Ich bin halt aufgeregt.«
»Ich auch«, gab Marie ehrlich zu. Sie wuchtete ihr Gepäck zum Gleis. Dort wartete auch schon eine Gruppe von Radfahrern auf den Zug.
Jonas ächzte. »Das könnte eng werden.«
Kim sah sich um. Die Journalisten waren abgezogen. Dafür drängten sich nun Leute mit Rollkoffern und Taschen vorbei. Eine Mutter schob eine schwer bepackte Karre mit einem schlafenden Baby, während ein Kleinkind an ihrer Seite lautstark nach einem »Tatatuutsie« verlangte. Was immer das war. Eine ältere Frau in einer abgewetzten Lederjacke blickte konzentriert zu Team Grün herüber. Als sie Kims Blick bemerkte, drehte sie sich schnell weg. Doch kurz darauf spähte sie schon wieder zu ihnen. Kim hatte die Frau bereits vor dem Reisezentrum gesehen. War das Zufall? Oder spielte ihr

Detektivsinn ihr einen Streich? Fest stand, dass die Frau nervös war. Und sie blickte schon wieder zu ihnen herüber.
»Wir werden beobachtet«, sagte Kim leise zu Franzi und Marie. Sie wies auf die ältere Frau hin, die sich gerade wieder umgedreht hatte.
Marie grinste. »Die hat garantiert gesehen, dass wir bei dem Spiel mitmachen. So ein Event im Reisezentrum macht neugierig.«
»Sieht auch nicht so aus, als würde sie unseren Zug nehmen«, fügte Franzi hinzu.
Kim nickte. »Stimmt. Jetzt geht sie in Richtung Rolltreppe. Ich glaube, ich sehe schon Gespenster. Wir hatten einfach viel zu lange keinen Fall.«
»Das ist gerade auch gut so«, fand Marie. »Wir müssen uns voll und ganz auf das Spiel konzentrieren – und gewinnen!«
Der Zug fuhr ein. Die Fahrradfahrer drängten zu den Türen. Team Grün machte einen Bogen um die Räder und fand schließlich einen weniger vollen Wagen in der Mitte des Zuges. Dort stieg auch die Mutter mit den zwei Kindern ein. Ein Mann im Anzug und ein grauhaariger Rocker mit Lederweste halfen ihr mit der Karre. Das kleine Kind rief nicht mehr nach »Tatatuutsie«, sondern knabberte zufrieden an einer großen Salzbrezel. Marie brauchte beim Einsteigen ebenfalls etwas Hilfe. Fast wäre ihr Schuhbeutel runtergefallen und ihre Reisetasche hängen geblieben. Aber Franzi griff geistesgegenwärtig zu. Auch der Rocker zeigte sich erneut hilfsbereit. »Mensch, Mädel, willst du umziehen?«, fragte er belustigt.
Marie lächelte nur dankbar. Dann drängte sie sich zum nächsten freien Platz durch. Anna sprach ein paar Reisende an und fragte, ob sie die Plätze tauschen würden. Für das Spiel war es praktisch, wenn alle Mitglieder von Team Grün so nah wie möglich beisammensaßen.

Eine Frau verneinte empört, doch zwei Jugendliche standen bereitwillig auf. So konnte wenigstens Anna bei den drei !!! sitzen. Jonas blieb vorerst im Gang stehen.
Als sich der Zug kurz darauf in Bewegung setze, öffnete Anna feierlich den Kasten mit den Spielkarten. »Auf der Fahrt zum nächsten Bundesland muss ab jetzt immer eine Karte gezogen werden. Wer möchte beginnen?«
Marie durfte als Erste in den Kasten greifen.
»Und?«, fragte Franzi neugierig.
»Das ist eine Rätselkarte«, erklärte Anna. »Ihr habt bis Hamburg Zeit, die Antwort auf die Frage zu finden. Für eine richtige Antwort gibt es einen Punkt, eine falsche Antwort bringt einen Minuspunkt.«
»Gut, dass es keine Aktionskarte ist«, sagte Kim erleichtert. »Sonst hätten wir in Hamburg vielleicht einen längeren Aufenthalt einplanen müssen.«
»So viel zu deinem wasserdichten Reiseplan«, sagte Franzi alarmiert. »Ich dachte, du hättest das alles schon berücksichtigt.«
»Habe ich ja auch«, erwiderte Kim. »Aber –«
»Konzentriert euch lieber auf das Rätsel!«, mahnte Marie. Sie blickte auf die Karte und las laut vor: »*Steinhude zählt nicht, so sind es zwei Stück. Doch fährst du nach Osten, musst du zurück. Nordwesten wäre dann wohl dein Ziel, doch da sind sechs Buchstaben einfach zu viel. Wie lautet das Lösungswort, Detektiv?*«
Die Frau, die eben noch ihren Platz verteidigt hatte, sah von ihrem Strickzeug auf. Sie musterte die Mädchen mit einem kritischen Blick. »Macht ihr ein Deutschlandspiel?«
Marie nickte. Sie starrte noch immer auf die Karte, als würde dort jeden Augenblick die Antwort auftauchen.

»Ich kenne Steinhude nicht«, gab Franzi zu. »Und wovon gibt es zwei?«
»Die heutige Jugend lernt auch nichts mehr in Erdkunde«, ereiferte sich die Frau. Sie nahm energisch eine Masche auf. »Wir mussten das früher in der Schule alles auswendig lernen. Alles!«
Kim beschloss, die Dame einfach zu ignorieren. Am einfachsten würde es sein, Steinhude im Internet nachzuschlagen. Dafür konnten sie Maries Smartphone benutzen. Doch die Frau nahm ihnen die Arbeit ab. »Mein Mann und ich sind früher gern zum Steinhuder Meer gefahren. Jetzt fährt er ja lieber mit seiner Sekretärin nach Mallorca. Und ich wette, diese Larissa kennt auch keinen einzigen Fluss in Deutschland«, giftete sie. »Die muss sich ja schon anstrengen, um ihren eigenen Namen zu erinnern.«
»Steinhuder Meer?«, wiederholte Kim. Die Sache mit Larissa und Mallorca überhörte sie geflissentlich.
»So ist es«, sagte die Dame streng. »Auch wenn es natürlich kein Meer ist, sondern ein See.«
»Das ist es!« Kim strahlte. »Steinhude zählt deshalb nicht, weil das Steinhuder Meer kein Meer ist. Dafür gibt es zwei richtige Meere in Deutschland!«
»Nämlich die Nordsee und die Ostsee!«, rief Franzi eine Spur zu laut.
»Pst!«, machte die strickende Dame.
»Man soll nicht nach Osten fahren«, erinnerte sich Marie. »Also vermutlich nicht zur Ostsee.«
»Genau!« Kim nickte eifrig. »Die Nordsee liegt im Nordwesten.«
»Und welche sechs Buchstaben sind jetzt zu viel?«, wollte Marie wissen.

»Na, die von WESTEN«, sagte Kim schnell. »Es heißt schließlich nur NORD-See, nicht Nordwestensee.«
»Das ist die Antwort«, platzte Franzi heraus. »Nordsee!«
»Pst!«, machte die Frau mit dem Strickzeug.
»Seid ihr euch ganz sicher?«, hakte Anna nach.
»Absolut«, bejahte Kim.
Anna leuchtete mit einer UV-Lampe auf die Karte. Nun wurden unter der Frage helle Buchstaben sichtbar. Die Betreuerin lächelte. »Die Antwort ist korrekt. Ihr bekommt euren ersten Punkt.«
»Den zweiten«, mischte sich Jonas vom Gang aus ein. »Den ersten Punkt gab es bereits in Kiel. Das war nämlich die erste Landeshauptstadt.« Er trug das Zwischenergebnis in sein Handy ein. »Team Grün – 2 Punkte. Das können die Leute von der Online-Redaktion jetzt gleich aktualisieren. Ich habe auch schon den aktuellen Stand gecheckt: Team Gelb hat bislang noch keinen weiteren Punkt bekommen.« Er grinste zufrieden. »Aber es kann natürlich sein, dass sie gleich mit einer Aktionskarte starten mussten. Die dauern oft länger.«
»Ach was. Wir sind einfach besser«, sagte Marie zuversichtlich.
Kim sah aus dem Fenster. Die Landschaft zog mit grünen Wiesen, braunen Äckern und kleinen Wäldchen an ihnen vorbei. Weiden mit schwarz-weißen Kühen wurden von Pferdekoppeln und Wäldchen abgelöst. Hier und da standen uralte Eichen oder hohe, weiße Windräder unter dem strahlend blauen Himmel. Beinahe war Kim etwas traurig, Schleswig-Holstein schon wieder zu verlassen. Marie ging es ähnlich. »Ich wäre noch so gern bis nach Sylt gefahren.«
»Oder nach Amrum«, ergänzte Kim. »Oder Föhr …«

»Immerhin waren wir gestern noch kurz an der Ostsee«, warf Franzi ein. Sie wackelte mit den Füßen. »Ich habe sogar noch etwas Sand in den Turnschuhen.«
»Die Fahrkarten, bitte!« Ein Mann vom Bahnpersonal hatte das Abteil betreten. Rings um die drei !!! begannen die Leute, in ihren Taschen zu kramen. Auch Anna wurde aktiv. Die Firma Wunderbach hatte für alle Mitspieler jeweils einen *One Country Pass* besorgt, die vier Tage lang für alle Strecken im Land gültig waren. So mussten sie nicht für jede Einzelfahrt neu bezahlen. Kinder unter 15 fuhren bei der Bahn zwar normalerweise gratis, aber das nur in Begleitung der Eltern oder Großeltern.
Nachdem Anna für ihr Team das Ticket vorgelegt hatte und die allgemeine Anspannung etwas nachließ, bemerkte Kim, dass sie dringend zur Toilette musste. Sie bat ihre Freundinnen, auf ihren Rucksack aufzupassen, und machte sich auf den Weg zum nächsten freien WC. Im schaukelnden Zug durchquerte sie zwei Waggons. Kim hatte beinahe die richtige Tür erreicht, als sie die Frau sah. Kein Zweifel: Die abgewetzte Lederjacke und die stahlgrauen Haare erkannte Kim sofort wieder. Die Frau starrte in eine zerknitterte Zeitung, aber Kim hatte das unbestimmte Gefühl, dass die Frau nicht wirklich las. Als Kim von der Toilette zurückkam, war die Frau verschwunden.

Segelschiffe in Kiel

Schleswig-Holstein

Hauptstadt: Kiel

Größe: 15.804 km^2

Wissenswert: Schleswig-Holstein hat 1.105 km Küstenlinie.

!

Geheimtipp:

- Open-Air-Konzerte, Wildwest-Festspiele und die Chance, Fledermäuse in einer Höhle zu beobachten – das alles erlebst du im Kalkberg von Bad Segeberg.
- Die Kieler Woche ist eines der größten Segel-Events der Welt.

WOW!

- Die längste Sitzbank der Welt mit 575,75 m findet sich in Rendsburg.
- Die Welt ist ein Dorf: Auf der Halbinsel Eiderstedt liegt das kleine Dorf »Welt«. Das Ortsschild wird ab und zu geklaut.

Hamburg

SCHON BEREIST

NOCH NICHT BEREIST

Verfolgt?

In Hamburg hätte ich mir eine Aktionskarte mit einer Aufgabe gewünscht: Zum Beispiel »Shoppen gehen« oder »Ein Musical besuchen«. (Marie)

»Zu blöd, dass wir keine Aufgabe in Hamburg haben«, fand Marie, als der Zug durch die Innenstadt zum Bahnhof rollte. Das berühmte Hamburger *Schietwetter* mit grauen Wolken und Nieselregen machte anscheinend gerade Pause. Die Alster glitzerte in der warmen Herbstsonne. Weiße Segelboote und kleine Dampfer schipperten über das Wasser. Auf der anderen Seite standen hohe weiße Gebäude mit grünen Kupferdächern, Kirchtürme, Flaggen und altmodische Straßenlaternen. Marie machte ein Foto mit ihrem Handy. Schon fuhr der Zug an der Kunsthalle vorbei und verschwand in einem Tunnel, der zum Hauptbahnhof führte.

Kim hörte ihrer Freundin kaum zu. So unauffällig wie möglich suchte sie den Wagen nach der geheimnisvollen Frau ab. Gleichzeitig versuchte sie, den Gedanken an eine Verfolgerin abzuschütteln. Es gab hier keinen Fall aufzuklären und die seltsame Frau war vermutlich schon beim Halt in Elmshorn ausgestiegen. Das galt leider nicht für die strickende Dame mit dem Erdkundewissen. Marie verfing sich beim Aussteigen mit ihrer Reisetasche in deren Wollknäuel. Kim und Franzi zogen hektisch an dem Faden, um ihre Freundin zu befreien. Dabei zeterte die Dame lautstark und informierte den ganzen Wagen darüber, dass die heutige Jugend keinen Respekt habe. Marie entschuldigte sich trotzdem mit hochrotem Kopf. Die Mädchen waren froh, als sie endlich auf dem Bahnsteig standen.

»Sollen wir gleich das Foto machen?« Franzi deutete auf das blaue Schild mit der weißen Aufschrift »Hamburg Hbf«.
»Klar!« Jonas zückte sein Handy. »Stellt euch mal alle auf!«
»Achtung, ich muss vorbei«, rief der Mann im Anzug. Er umrundete ein paar Koffer und eilte dann die Treppen hinauf. Auch andere Reisende drängten in beide Richtungen des Bahnsteigs zu den Ausgängen. Die Dame mit dem Strickzeug war auch dabei und murmelte noch etwas Unfreundliches. Dann endlich zog sie mit ihrem kleinen Rollkoffer davon.
»Das ist ein weiterer Punkt für Team Grün«, sagte Jonas, nachdem Anna das Foto gemacht hatte. »Macht also 3 Stück. Nicht schlecht!« Er zückte sein Handy und aktualisierte sogleich den Punktestand.
»Wie weit ist Team Gelb?«, wollte Marie nun wissen.
»Das erzähle ich euch gleich, wenn wir wieder im Zug sitzen.« Jonas steckte sein Handy wieder ein. »Wo müssen wir jetzt hin? Bleibt noch Zeit für ein Fischbrötchen?«
Kim faltete ihren Strecken-Zettel auseinander. »Wir nehmen den ICE Richtung Stralsund und steigen in Schwerin aus.« Sie blickte auf die Uhr. »Uns bleibt eine gute Viertelstunde, um zum Gleis 11 zu gehen.«
Franzi sah zuversichtlich aus. »Das sollten wir schaffen.«
Doch ganz so leicht war es dann doch nicht. Der ICE nach Stralsund fuhr heute außerplanmäßig auf einem anderen Gleis, Marie blieb mit ihrem Absatz beinahe in der Rolltreppe stecken und Kim bekam beim Anblick der Bäcker und Cafés plötzlich einen Bärenhunger. Es duftete aber auch wirklich verführerisch nach frischen Croissants, Schokoladenbrötchen und Franzbrötchen mit extra viel Zimt. Kim steuerte zielstrebig einen Stand an. Franzi tänzelte

unruhig von einem Bein auf das andere. »Nun macht schon! Wir müssen zu Gleis 7!«
»Wir haben doch noch Zeit«, verteidigte sich Kim, während sie ein Franzbrötchen bezahlte. In diesem Augenblick sah sie erneut die Frau in der schwarzen Lederjacke. Beinahe wäre Kim das Wechselgeld runtergefallen. »Da ist sie wieder.«
»Wer denn?« Marie spähte an Kim vorbei.
»Die Frau mit den grauen Haaren. Die ist ja auch in Hamburg ausgestiegen!«
Anna blickte nun ebenfalls hinüber. »Es kommt vor, dass Leute von Kiel nach Hamburg fahren.«
»Was du nicht sagst«, witzelte Jonas. Er hatte sich beim Nachbarstand ein Brötchen mit Hering bestellt und biss hinein.
Kim musterte die Frau. Sie stand immer noch ein paar Meter entfernt. Kim fiel es schwer, ihr Alter zu schätzen. Einerseits hatte sie stahlgraue Haare und tiefe Stirnfalten, andererseits wirkte sie sehr sportlich und trug ein beinahe jugendliches Outfit mit Lederjacke und Jeans. Ihr Gesicht war markant geschnitten, aber ihr Blick wanderte unsicher hin und her. Es sah so aus, als würde sie eine schwierige Entscheidung treffen. Zögerlich machte die Frau nun einen Schritt in ihre Richtung. Dann blieb sie wieder stehen.
»Sie will etwas von uns«, sagte Kim.
Marie sah skeptisch zu der Frau hinüber. »Oder sie möchte einfach ein Brötchen kaufen und zögert noch, weil sie sich bei der großen Auswahl nicht entscheiden kann.«
»Ist doch egal!« Jonas winkte energisch ab. »Kommt! Wir müssen jetzt echt los. Ich wollte es euch ja erst im Zug sagen, aber Team Gelb holt gerade auf.«

Franzi, Kim und Marie brauchten keinen weiteren Aufruf. Im Eiltempo ging es zum Gleis 7. Am ICE stand bereits die junge Frau mit den beiden kleinen Kindern und der Karre. Das Kleinkind verlangte schon wieder nach dem »Tatatuutsieeeee!«, während die Mutter sich abmühte. Dieses Mal halfen ihr Franzi und Kim beim Einsteigen. Eine etwas ältere Frau mit modischer Kurzhaarfrisur sah hingegen nur kopfschüttelnd zu. »Mensch, fahren Sie mit Ihrem Nachwuchs doch einfach am Wochenende. Da gibt es in vielen Zügen eine umfangreiche Kinderbetreuung und Sie kommen den Geschäftsreisenden nicht ins Gehege.«
»Helfen Sie doch lieber mit«, ächzte Kim leise.
Die Mutter warf ihr einen dankbaren Blick zu.
»Brauchen Sie im Zug noch Hilfe?«, fragte Franzi mit einem Blick auf das Kleinkind, das gerade seinen Rucksack aufriss. Ein Regen aus Reiswaffelkrümeln fiel auf den Boden.
»Nein danke!« Die Frau atmete hörbar aus und wies den Gang entlang. »Gleich haben wir es geschafft. Das Kleinkindabteil ist schon da vorne. Da haben wir Platz und die Lütte kann spielen.«
Kim wünschte ihr eine gute Reise. Dann folgte sie ihren Freundinnen in die entgegengesetzte Richtung auf der Suche nach einem freien Platz. Die Begegnung hatte sie nachdenklich gemacht. Es kam vor, dass man Menschen auf einer Reise mehrfach begegnete. Besonders, wenn es sich um beliebte Strecken und große Bahnhöfe handelte. Die Mutter mit den Kindern war ebenfalls in Kiel gestartet und in Hamburg in diesen Zug gestiegen. Und doch hegte Kim keinen Verdacht gegen sie. Konnte die Frau mit der Lederjacke nicht ebenfalls eine Zufallsbegegnung sein? Kim blickte auf den Bahnsteig. Die Frau war nirgendwo zu entdecken. Schon wurde Kim sanft, aber

bestimmt in die Richtung des nächsten Wagens geschoben. Weitere Reisende drängten mit ihren Gepäckstücken in den ICE.

»Ich habe einen Platz«, brüllte Franzi über die Köpfe der Menschen hinweg. »Kommt schnell!«

Tatsächlich hatte Franzi vier Plätze mit Tisch ergattern können. Auf der anderen Seite des Gangs war ebenfalls noch ein Platz frei. Den schnappte sich Jonas. Die restlichen Sitze wurden fast alle von älteren Leuten besetzt. Sie gehörten zu einer Reisegruppe und packten schon vor der Abfahrt laut raschelnd ihren Proviant aus. Der Geruch von heißem Kaffee und belegten Broten mit Ei und Schinken erfüllte das Abteil.

Mit zehn Minuten Verspätung setzte sich der ICE in Bewegung. Marie stellte enttäuscht fest, dass der Zug nicht über die Elbbrücken fuhr.

»Wir wollen ja auch nicht in den Süden«, erklärte Kim, als sie in östlicher Richtung durch die Stadt fuhren. Die Mädchen schauten aus dem Fenster. Hamburg war eine Großstadt wie jede andere auch. Natürlich gab es hier nicht nur schicke Einkaufsstraßen, die Alster und den Fluss Elbe. Neben der Bahnstrecke lagen zunächst hauptsächlich graue Mehrfamilienhäuser, Baustellen, mehrspurige Straßen und Industrieflächen. Doch dann wurde das Umland langsam grüner. Jonas hatte jedoch keinen Blick für die Natur, sondern nur für sein Handy. »Beide Teams haben Gleichstand mit drei Punkten«, verkündete er. »Und die Jungen sind echt schnell.«

»Wo sind sie?«, drängte Franzi.

»Das darf ich euch nicht sagen.« Jonas zog eine Augenbraue hoch. »Aber ihr werdet es noch erfahren. Spätestens, wenn eine Strafaufgabe erledigt werden muss. Dann posten die Betreuer das im Internet.«

»Stimmt«, murmelte Kim. »Das stand auch in diesem ellenlangen Vertrag, den meine Eltern unterzeichnen mussten.«
»Keine Sorge«, versprach Anna, die gerade den Kasten mit den Karten auf den Tisch stellte. »Wir werden nicht ungefragt Bilder von euch auf den sozialen Medien hochladen, versprochen.«

»Aber etwas Material müssen wir schon abliefern«, warf Jonas ein. »Fotos von Tickets, Bahnhofsschildern ... und nach Absprache eben auch Fotos von euch.«
»Das geht klar, aber lasst uns jetzt doch bitte die nächste Aufgabe lösen«, schlug Marie vor. »Nicht, dass Team Gelb am Ende gewinnt!«
»Wer will denn dieses Mal ziehen?«, fragte Anna in die Runde. Kim meldete sich als Erste. Sie schloss die Augen und griff in den Kasten mit den Karten.
»Schon wieder eine Rätselkarte«, rief Franzi.
Kim wollte die Frage vorlesen, als die Rentner lautstark ein Lied anstimmten. »*Güstrow, Parchim und Malchin, morgen geht's nach*

Rostock hin. Übern Darß und bis nach Rügen, oh, wie wir die Ostsee lieben!«

»Soweit ich weiß, liegen nur der Darß und Rügen an der Ostsee«, rief Jonas, aber niemand hörte ihn. Die Rentner schmetterten ihr frohes Reiselied über weiße Felsen und grünes Land und ließen sich nicht die gute Laune verderben.

»Was steht denn jetzt auf der Karte?«, hakte Marie nach. Sie musste sich vorbeugen, damit Kim sie verstehen konnte.

»Also«, begann Kim. »*So unterschiedlich sie auch sind, nennt die Gemeinsamkeit geschwind! Es ist nicht allein das Land, sondern noch ein Tatbestand! – 1. Riesending-Schachthöhle, 2. Rhein, 3. Nordseeküstenradweg, 4. Strand von Usedom, 5. Rennsteigtunnel.*«

»Oje!«, sagte Franzi. »Was haben eine Höhle, ein Fluss, ein Radweg, ein Strand und ein Tunnel gemeinsam?«

»Es könnten beliebte Touristenziele sein«, schlug Marie vor.

»Einige davon vielleicht schon«, warf Kim ein, »aber doch sicher nicht der Tunnel.«

»Sie liegen auch nicht in einer Gegend«, fügte Franzi hinzu. »Usedom liegt an der Ostsee, der Nordseeküstenradweg vermutlich an der Nordsee. Aber der Rhein liegt irgendwo … nicht im Norden.«

»Wir sollten alle fünf Begriffe nachschlagen.« Marie zog ihr Handy aus der Tasche.

»Achtung! Das ist bei dieser Frage nicht erlaubt.« Anna wies auf ein kleines Symbol am oberen Kartenrand. Es war ein durchgestrichener Kreis mit der Aufschrift *www*. »Ihr müsst die Lösung ohne Internet herausfinden.«

»Und zwar bevor der Zug in Schwerin einfährt«, fügte Jonas hinzu. »Sonst gibt es einen Minuspunkt für euch und Team Gelb dreht vor Freude durch.«
Kim musste an die strickende Dame mit der schlechten Laune denken, die ihnen im Zug nach Hamburg unfreiwillig geholfen hatte.
»Dürfen wir Mitreisende fragen?«
»Klar«, antwortete Anna. »Sonst gäbe es dafür auch ein durchgestrichenes Symbol.«
Die Mädchen sahen sich im Wagen um. Die Rentner sangen nicht mehr. Manche spielten Karten, andere unterhielten sich, lasen in Illustrierten oder beugten sich über ausgeklappte Landkarten.
»Entschuldigen Sie.« Kim blieb bei einer Vierergruppe mit Sudoku-Heftchen und Kreuzworträtseln stehen. »Ich bräuchte etwas Hilfe bei einer Rätselfrage.«
»Wir sind Rätselprofis«, verkündete ein Mann mit Halbglatze. Er tippte auf das Heftchen vor ihm.
»Und ob! Schieß los, Mädel!«, sagte ein rundlicher Mann mit grünen Kniebundhosen. Nachdem Kim die Frage vorgelesen hatte, sah er seine Mitreisenden an. »Also den Nordseeküstenradweg haben wir noch nie genutzt. Wir sind unserer Ostsee treu.«
»Ich würde schon gerne mal nach Sylt«, sagte die Frau neben ihm. »Auf Usedom waren wir schon so oft.«
Der Mann zog die Stirn kraus. »Hättest du ja längst mal machen können, Schatzi. Die Grenze ist seit 1989 auf. Das sind ja schon ein paar Jahre.«
»Also –«, begann Kim, aber der Mann ließ sie nicht ausreden.
»Wir kommen ursprünglich aus Krembz. Aber dann sind wir in den 90ern nach Glinde gezogen. Das liegt bei Hamburg. Unsere Tochter

Martina zieht jetzt sogar zu uns in die Nähe nach Oststeinbek. In Hamburg kann man sich ja kein Haus mit Garten leisten. Das hat zum Glück auch ihr Jan eingesehen. Dass der Fischkopp noch mal vernünftig werden würde, hätte ich nicht gedacht.«

Die Frau schüttelte energisch den Kopf. »Das will das Mädel doch gar nicht wissen!«

»War in der Riesending-Schachthöhle nicht diese spektakuläre Rettungsaktion?«, fragte der Rentner mit der Halbglatze. »Ich habe da kürzlich einen sehr spannenden Artikel gelesen. Darin ging es um einen Höhlenforscher, der sich tief im Berg eine schwere Verletzung zugezogen hat. Die Retter haben Tage gebraucht, um ihn durch die Schächte wieder ans Tageslicht zu bringen.«

»Die Höhle ist also groß und gefährlich«, fasste Kim zusammen.

»Ein echtes Riesending«, meinte der Mann. »Da ist der Name Programm.«

»Das Thema Gefahr können wir aber ausschließen.« Franzi war unbemerkt hinter Kim getreten. »Oder meinst du, dass das die Orte mit den meisten Unfällen in Deutschland sind?«

Jetzt schüttelte Kim den Kopf. »Die meisten Unfälle gibt es doch garantiert auf Autobahnen und Landstraßen.«

»Der Rhein ist der berühmteste Fluss Deutschlands«, meldete sich die Frau aus Krembz zu Wort. »Das glaube ich zumindest.«

»Und lang ist der auch«, sagte ihr Mann. »Sehr lang.«

»Ja, über tausend Kilometer«, bestätigte der Mann mit der Halbglatze. »Im Vergleich zu anderen Flüssen dieser Welt ist das zwar nicht gerade ein Rekord, aber …« Er zögerte und rieb sich das Kinn. »Soweit ich weiß, ist er immerhin der längste Fluss in unserem Land.«

»Auch hier bitte die Fahrkarten.« Eine junge Frau in Uniform blieb neben Kim stehen. Sie hatte rot gefärbte Haare und trug ein kleines Nasenpiercing.
»Fräulein, wir sind hier gerade sehr beschäftigt«, erklärte der Rentner aus Krembz. »Wir lösen komplizierte Rätsel. Hilft das Servicepersonal auch bei echten Kopfnüssen?«
Die junge Frau grinste. »Wir lösen täglich spezialgelagerte Sonderfälle.«
»Kennen Sie den Nordseeküstenradweg?«, fragte Kim.
»Aber sicher.« Die Schaffnerin nahm die Fahrkarten entgegen, die ihr nun hingehalten wurden. Als sie die Tickets überprüft hatte, drehte sie sich wieder zu Kim. »Das ist die längste Radroute der Welt. Und auch der längste Radweg in Deutschland. War das schon das Rätsel?«
»Ein Teil davon.« Kim dachte nach. »Ich glaube, Sie haben uns sehr geholfen.«
»Wollen Sie nicht auch bei uns einsteigen?« Der Rentner aus Krembz wies auf die Heftchen. »Man kann eine Kreuzfahrt gewinnen.«
»Ich widerstehe der Versuchung.« Die Schaffnerin schenkte den Rentnern ein breites Lächeln und deutete auf ihr Lesegerät. »Aber ich hätte da zufällig noch diesen Job. Außerdem werde ich auf Schiffen seekrank.« Sie tippte sich an einen imaginären Hut und ging weiter zu der nächsten Sitzreihe. Die Mädchen bedankten sich bei ihren Helfern und gesellten sich zu Marie, die ihnen entgegenkam. »Ich habe ein paar Leute befragt, aber so richtig viel konnte ich leider nicht herausfinden. Diese Riesendingshöhle liegt in Bayern und der Nordseeküstenradweg führt von England bis nach Norwegen – immer an der Küste entlang.« Sie wich einem Fahrgast aus, der einen

heißen Kaffee vor sich her balancierte. »Usedom hat einen superlangen Strand. Außerdem kann man auf der Insel Seeadler beobachten und der Rhein soll im Herbst ein schönes Reiseziel sein. Bringt uns das weiter?«

»Das mit dem langen Strand ist hilfreich.« Kim nickte langsam. »Eine riesige Höhle mit langen Gängen, ein superlanger Strand, der längste Radweg Deutschlands, ein sehr langer Fluss ...« Sie machte eine Pause. »Möglicherweise haben wir es hier mit Längen-Rekorden zu tun.«

»Das könnte auch zu dem Tunnel passen«, meinte Franzi. »Vielleicht ist es der längste Tunnel der Welt.«

»Ich glaube, wir haben es mit Rekorden innerhalb von Deutschland zu tun«, warf Kim ein. »Der Rhein ist schließlich nicht der längste Fluss der Welt.«

»Dann eben Rekorde in Deutschland«, sagte Franzi ungeduldig. »Wollen wir zu Anna und Jonas gehen und die Frage beantworten?«

Kim sah nachdenklich aus dem Fenster. Mecklenburg-Vorpommern zeigte sich von seiner grünen Seite, auch wenn einige Bäume schon herbstlich die Farbe wechselten. »Und wenn es doch eine andere Gemeinsamkeit gibt?«

»Die Fahrt ist bald vorbei«, warnte Franzi. »Wenn wir zu lange warten, bekommen wir einen Minuspunkt.«

Schließlich willigte Kim ein. Gemeinsam trugen sie den beiden Betreuern die Antwort vor: »Es handelt sich um fünf Längenrekorde aus Deutschland.«

Anna leuchtete die Antwort an und hielt Jonas die Karte hin. Der zuckte zusammen. »Oje! Die Antwort ist leider ...«, er zögerte und sah die drei !!! traurig an, »richtig!« Jetzt grinste er breit.

Marie warf ihm einen tadelnden Blick zu, doch dann musste sie vor Erleichterung doch noch lachen. »Lad das Ergebnis am besten gleich auf der Homepage hoch. Wir sind nämlich gleich da!«
Das hatten offensichtlich auch die Rentner bemerkt. Fröhlich stimmten sie eine neue Strophe ihres Liedes an: *»Von Hamburg geht es nach Schwerin, hier zieht es uns zum Wandern hin. Vom Innensee zum Außensee, da tun uns bald die Füße weh. Da tun uns dann die Füße weh.«*
Franzi streckte sich und sang leise: *»Egal ob Sonne oder Regen, ich muss mich endlich mal bewegen!«*

Die Elbphilharmonie im Hamburger Hafen

Hamburg

Hauptstadt: Hamburg
Größe: 755 km^2
Wissenswert: Die Freie und Hansestadt Hamburg ist ein Stadtstaat. Sie ist also gleichzeitig Stadt und Bundesland.

Geheimtipp:

- Mit dem Panoramalift fährst du auf den Turm der St.-Nikolai-Kirche und hast einen gigantischen Blick über die Stadt und den Fluss Elbe.

WOW!

- Hamburg-Blankenese gehört zu den treppenreichsten Vierteln der Welt mit über 5.000 Stufen.
- Es gibt in Hamburg mehr Brücken als in Venedig. Nämlich 2.500 Stück!
- Der Hamburger Hafen ist einer der größten Häfen der Welt.

Mecklenburg-Vorpommern

SCHON BEREIST

NOCH NICHT BEREIST

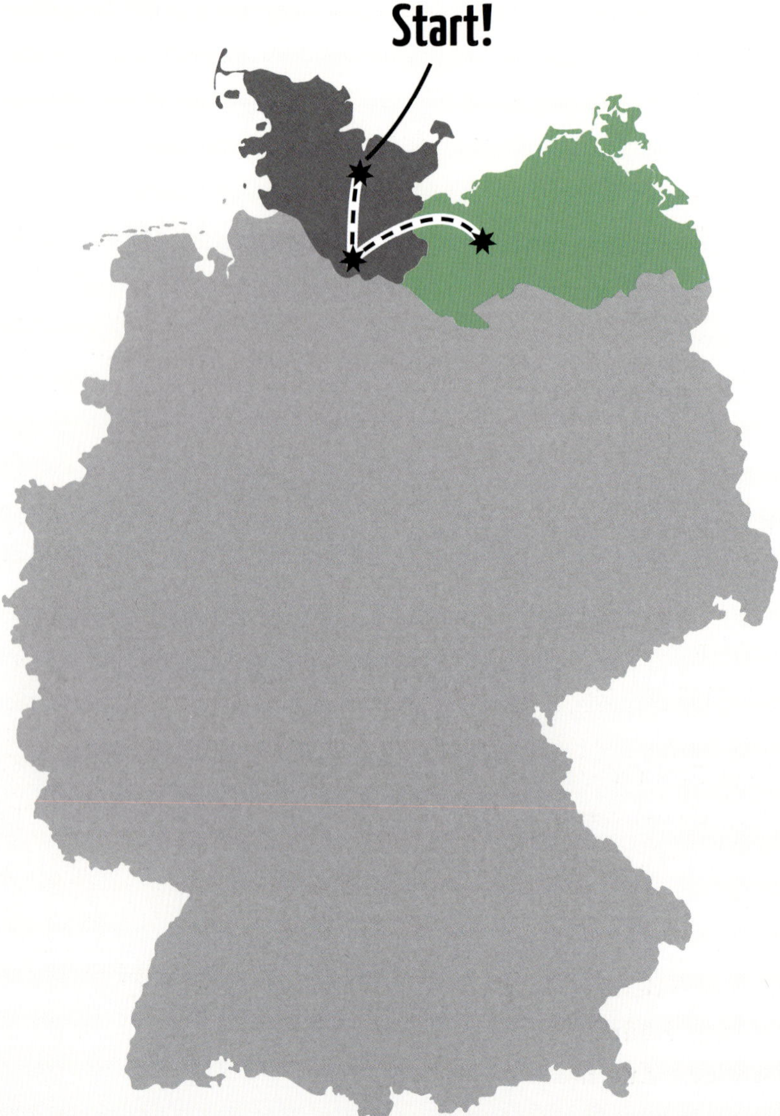

Schminkspiegel im Einsatz

Ich glaube, hier könnte man toll ausreiten. Wenn ich mir die Landschaft angucke, muss ich an mein Pony Tinka denken. Gerade vermisse ich sie sehr. (Franzi)

Die Verspätung hatte der ICE während der Fahrt nach Schwerin fast aufgeholt. Trotzdem blieb ihnen keine Zeit, die Stadt zu erkunden. Schnell machten sie das Foto unter dem Bahnhofsschild. Dann tippte Marie auf ihre Uhr. »Können wir nicht wenigstens das Schloss angucken? Es ist ein richtiges romantisches Märchenschloss. So schön, dass es schon mehrfach als Filmkulisse benutzt wurde.«

»Du willst doch garantiert nur ein Dornröschen-Selfie vor dem Tor machen.« Franzi grinste.

Kim sah ihre Freundinnen zerknirscht an. »Ich würde das Schloss auch so gerne besichtigen, aber heute steht noch Berlin auf dem Plan. Dafür müssen wir den Zug nach Ludwigslust erwischen.«

»Also kein Dornröschen-Foto«, meinte Franzi. »Aber wisst ihr was? Wir merken uns einfach die schönsten Ziele. Und dann machen wir in den nächsten Ferien einfach ein paar Städtetrips.«
»Ja«, sagte Marie begeistert. »Ich frage meinen Papa. Der hat mir das schon ewig versprochen. Es müssen ja nicht immer gleich City-Trips nach New York, Los Angeles oder Dubai sein.«
»Also mein Papa und ich jetten ja total gern in die Metropole Osterode am Harz.« Franzi blieb vor einer Anzeigetafel stehen. »Und wenn wir richtig einen draufmachen, besuchen wir seine besten Freunde in Gütersloh und Lünen.«
»Du fährst doch gern in den Harz«, sagte Marie, der die Ironie nicht entgangen war.
»Natürlich«, gab Franzi zurück. »Alleine schon deswegen, weil ich grüne Wälder mehr liebe als den Großstadtdschungel. Außerdem sind Langstreckenflüge Umwelt-Killer!«
Marie wollte etwas erwidern, aber Kim unterbrach ihre Freundinnen. Sie hielt erneut ihren Zettel mit der Reiseplanung in den Händen. »Wir müssen die Regionalbahn um 15:00 Uhr nehmen. Kann einer von euch Anna und Jonas Bescheid sagen? Die stehen gerade beim Bäcker.«
Marie machte sich auf den Weg. Sie war erst ein paar Schritte gegangen, als ihr Blick auf eine Person fiel, die sie hier nicht erwartet hatte. Vor Überraschung blieb sie stehen. Ein paar Meter vom Bäcker entfernt, halb von einer Säule verdeckt, lauerte die Frau mit den grauen Haaren und der Lederjacke. Sie schien Anna und Jonas angestrengt zu beobachten. Die Mädchen hatte sie jedoch noch nicht entdeckt. Marie zückte ihr Smartphone und machte mehrere Fotos. Dann eilte sie zu ihren Freundinnen zurück.

»Sie ist hier!« Marie stupste Kim etwas zu unsanft an. Die hatte gerade den Plan unter den Arm geklemmt, um sich einen Apfel aus dem Rucksack zu holen. »He, pass doch auf!«
»Hast du gehört, was ich gesagt habe? Die Frau aus Kiel und Hamburg ist wieder da. Sie steht in der Nähe vom Bäcker und beobachtet Jonas und Anna.«
Doch als Kim und Franzi ebenfalls in Richtung der Säule guckten, war die Frau schon wieder verschwunden.
»Das war sie«, sagte Marie mit Nachdruck. »Abgewetzte Lederjacke, graue Haare und so gut wie kein Gepäck dabei – nur eine ausgebeulte Handtasche.«
»Das graue Phantom«, sagte Franzi mit tiefer Stimme, doch keiner lachte.
»Also doch!« Kim steckte ihren Apfel in die Jackentasche. Ihr Hunger war wie weggeblasen.
Marie sah plötzlich besorgt aus. »Die ist tatsächlich hinter uns her.«
»Oder hinter Anna und Jonas«, fügte Kim hinzu. »Jedenfalls reist sie offensichtlich Team Grün hinterher.«
»Meint ihr nicht, dass es ein Zufall sein könnte?«, fragte Franzi zögerlich. »Oder sie hat etwas mit dem Spiel zu tun. Vielleicht arbeitet sie für eine Zeitung.«
»Ich glaube nicht, dass sie eine Journalistin ist«, widersprach Marie. »Sie hat kein Notizbuch dabei und keine Kamera. Außerdem wirkt sie auffallend nervös.«
»Wir müssen dringend die Augen offen halten«, gebot Kim. »Und wenn der Zeitpunkt günstig ist, überrumpeln wir sie.«
Marie zückte ihren kleinen Schminkspiegel. »Ich denke, ich werde ab jetzt ständig meinen Lipgloss überprüfen.«

Ihre Freundinnen nickten kaum merklich. Natürlich ging es Marie nicht wirklich um das Make-up, sondern darum, unauffällig den Bereich hinter ihnen zu überprüfen. Als sie am Gleis angelangt waren, begann Marie sogleich mit der »Aktion Rückblick«. Die Mädchen guckten alle in die Richtung des Zuges und taten geschäftig. Niemand drehte sich um. Dafür zückte Marie den Spiegel und den Lipgloss und begann, ihre Lippen mit einer dünnen rosafarbenen Schicht zu bedecken. Dabei starrte sie konzentriert in den Spiegel, der ihr alles zeigte, was auf dem Bahnsteig hinter ihr geschah. Viele Menschen drängten zu den Türen, aber die Frau mit der Lederjacke war nicht dabei. Schließlich mussten die drei !!! einsteigen. Marie blieb jedoch noch am Eingang stehen. Als die Abfahrt des Zuges über Lautsprecher verkündet wurde, warf Marie noch einen raschen Blick nach draußen. Das graue Phantom, wie Franzi die Frau genannt hatte, setzte zum Sprint an und erreichte gerade noch den letzten Wagen. Dann gingen die Türen mit einem Warngeräusch zu.

Mecklenburg-Vorpommern

Das Schweriner Schloss

Hauptstadt: Schwerin

Größe: 23.295 km²

Wissenswert: Mecklenburg-Vorpommern ist das am dünnsten besiedelte Bundesland Deutschlands.

Geheimtipp:

- Das Schweriner Schloss liegt so zentral, dass du es locker in einen Städtetrip einbauen kannst. Übrigens: Im Schweriner Schloss soll es spuken. Dort geht das berühmte Petermännchen um. Wer es verpasst, kann es zumindest auf einem Porträt oder als Figur im Schlosshof bewundern.

WOW!

- Die Stadt Schwerin ist die kleinste Landeshauptstadt Deutschlands und wird auch »Die Stadt der sieben Seen« genannt.
- Den längsten Sandstrand Deutschlands gibt es auf Usedom.

Berlin

SCHON BEREIST

NOCH NICHT BEREIST

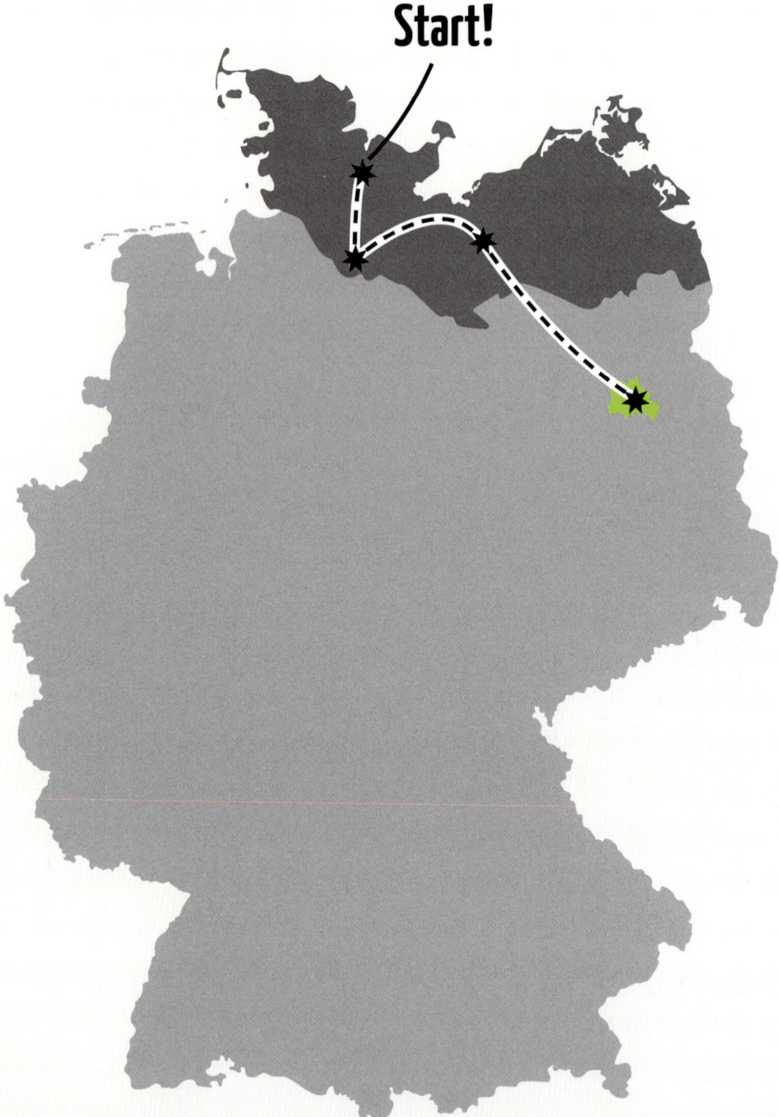

Spreewasser und Pfirsichduschgel

In Berlin haben wir schon mal einen Fall gelöst. Ob das heute wohl auch wieder so ist? (Kim)

»Sie ist im Zug«, zischte Marie.
»Wer?«, fragte Anna verwirrt.
»Das graue Phantom!«, sagte Franzi.
»Die Frau, die vorhin schon mit uns von Kiel nach Hamburg gefahren ist«, erklärte Kim ihrer Betreuerin. »Graues Haar, schwarze Lederjacke, schlank, ungefähr Ende 50 bis Anfang 70.«
»Zum Verlag gehört die nicht«, meinte Anna.
»Vielleicht spioniert sie für Team Gelb«, witzelte Jonas. »Sie könnte eine Oma sein, die unbedingt will, dass ihr Enkelsohn gewinnt.«
»Das wäre doch vollkommen verrückt«, fand Franzi.
»Wir können sie doch einfach ansprechen, sobald sie uns wieder über den Weg läuft«, meinte Jonas. »Aber jetzt müsst ihr eine Karte ziehen. Ihr wollt das Spiel doch nicht verlieren und bei vier Punkten aufhören?«
Natürlich wollten die Mädchen das nicht. Dieses Mal war Franzi an der Reihe. Sie schloss die Augen, griff in den Kasten und reichte Anna eine Karte.
»Oh«, machte die Betreuerin, »eure erste Aktionskarte.«
Jonas verzog den Mund. »Das könnte dauern.«
»Was müssen wir am nächsten Bahnhof denn machen?«, fragte Kim.

»Ihr müsst als Detektivinnen einen Beweis sicherstellen. Und zwar Wasser.« Anna griff in ihre Tasche und holte aus einem gepolsterten Säckchen mit Zubehör eine kleine Plastikröhre mit unbeschriebenem Etikett heraus.
»Wir sollen Wasser holen?«, fragte Marie zur Sicherheit nach.
»Ganz genau. Wasser aus einem Fluss, Kanal, See oder Brunnen der Stadt«, erklärte Anna. »Und das muss dann in dieses Beweis-Röhrchen.«
»Berliner Wasser statt Berliner Luft«, dachte Franzi laut nach. »Dafür reicht ja sogar mein Erdkundewissen. Der Fluss dort heißt Spree.«
»Wer hätte das gedacht. Wo du doch beim Rhein so unsicher warst«, neckte Marie ihre Freundin.
»Ich kenne mich super mit Flüssen aus«, gab Franzi zurück. »Ich kann dir zum Beispiel mit sehr großer Sicherheit sagen, dass der Rhein nicht durch Berlin fließt.«
Kim lachte. »Dann kann ja nichts mehr schiefgehen. Wir sind noch super in der Zeit. Und falls uns die seltsame Frau in Berlin über den Weg läuft, reden wir mit ihr.«
»Warum nicht gleich?«, fragte Marie. »Sie ist doch hier im Zug und kann nicht weglaufen.«
Dagegen konnten ihre Freundinnen nichts einwenden. Gemeinsam brachen sie zum Ende des Zuges auf. Doch von dem grauen Phantom fehlte jede Spur. Dafür waren mehrere Toiletten besetzt. Damit hatte keine von ihnen gerechnet.
»Wir können die nicht alle überwachen«, meinte Kim missmutig. »Außerdem sind wir gleich in Ludwigslust und müssen umsteigen.«

»Wenn das Phantom uns wirklich folgt, muss es das auch. Spätestens dann heißt es ›Adieu, WC‹«, sagte Franzi entschlossen. »Das Phantom wird sich ja nicht spontan in Luft auflösen.«

In Ludwigslust stieg jedoch keine Frau mit grauen Haaren und Lederjacke aus. Eine Familie drängte zum Ausgang, eine Gruppe von Jugendlichen schlenderte an ihnen vorbei, einzelne Reisende blieben stehen, sahen auf die Anzeigetafel oder gingen in Richtung Ausgang. Ein älteres Pärchen sah sich angestrengt um. Eine Frau setzte ihren winzigen Hund ab, den sie bislang auf dem Arm gehalten hatte. Aber nirgendwo sahen die Mädchen das graue Phantom. Der Zug fuhr wieder ab und die Anzeigetafel kündigte den Eurocity mit Halt in Berlin an. Das ältere Pärchen schien ebenfalls auf diesen Zug zu warten – so wie dutzende andere Reisende, die sich am Gleis 1 eingefunden hatten.

Die drei !!!, Anna und Jonas sahen sich die ganze Zeit aufmerksam um. Marie probierte erneut den Spiegel-Trick, doch ohne Erfolg. Als sie in den Zug stiegen, war die Frau noch immer nicht aufgetaucht. Über den Bahnsteig rannte nur ein Jugendlicher im grauen Hoodie, der zwei volle Plastiktüten in den Händen hielt. Dann war der Bahnsteig leer.

»Sie ist verschwunden!«, stellte Marie ungläubig fest.

»Oder sie hat sich nicht getraut, auszusteigen«, meinte Kim. »Vielleicht sitzt sie noch immer auf einer der Toiletten in der Regionalbahn.«

»Ich habe ein paar Fotos von der Frau gemacht«, sagte Marie leise zu ihren Freundinnen, als sich Jonas und Anna besprachen. »Die könnten wir an Kommissar Peters schicken.«

»Gute Idee«, fand Franzi. »Kann ja sein, dass sie polizeilich gesucht wird.«
Marie begann sofort, eine SMS an den Kommissar zu tippen. Er hatte in der Vergangenheit schon mehrfach erfolgreich mit den drei !!! zusammengearbeitet. Meistens meldeten sie sich erst bei ihm, wenn sie einen Fall aufgeklärt hatten, aber dieses Mal konnten sie seine Hilfe gut gebrauchen.
»Ihr habt euch bestimmt geirrt und die Dame war nur zufällig im Zug.« Anna war zu den Mädchen getreten. »Ruht euch jetzt etwas aus. Bei so einem Spiel vergisst man schnell, für sich zu sorgen. In Berlin werden wir nicht nur die Aufgabe erledigen, sondern auch eine warme Mahlzeit einnehmen.«
»Aber alles im Schnelldurchlauf!« Jonas sah besorgt aus. »Die Jungen haben nämlich schon wieder einen Punkt gemacht.«

Die Spree lag unweit vom Berliner Hauptbahnhof. Die drei !!! beschlossen, ihr Glück am Spreebogenpark zu versuchen. Blieb zu hoffen, dass man an der Stelle direkt ans Wasser gelangen konnte. Zu Fuß ging es über die Gustav-Heinemann-Brücke. Von hier aus konnte man die Kuppel des Bundestags und den Fernsehturm sehen. Statt Fotos zu machen, hielten die Mädchen zunächst jedoch nur nach dem Weg ans Spreeufer Ausschau. Es war Franzi, die eine Treppe entdeckte, die neben einem Beach-Club zu einer Wiese am Wasser führte.
»Ich präsentiere: die Spree!« Sie machte eine ausladende Bewegung mit der Hand.
»Dir gebührt die große Ehre des Schöpfens«, sagte Kim gestelzt. »So walte nun deines Amtes.«

Während Franzi sich an der gemauerten Kante zum Fluss auf den Boden legte, um mit langem Arm Wasser zu schöpfen, machte Marie nun doch ein paar Erinnerungsfotos. Kim sah sich unterdessen erneut um: kein graues Phantom weit und breit. Nur graue Häuser. Ein weißer Ausflugsdampfer tuckerte vorbei. Ein paar Menschen winkten den Mädchen zu. Marie winkte zurück.
»Ich hab es!« Franzi setzte sich auf und betrachtete das bräunliche Wasser im Plastikröhrchen. »Detektivin Franzi Schlaufuchs vom Team Grün hat das verdächtige Beweiswasser sichergestellt.« Sie überreichte es Anna, die den Verschluss fest zudrehte, dann das Röhrchen beschriftete. Jonas machte ein Foto fürs Internet. Nachdem er es hochgeladen hatte, rieb er sich den Bauch. »Jetzt haben wir uns aber eine kurze Pause verdient. Reicht die Zeit für eine Currywurst am Bahnhof? Ich sterbe fast vor Hunger.«
»Du denkst echt nur ans Essen«, tadelte Marie. »Wo lässt du nur die ganzen Kalorien?«
»Ich wandele sie in reine Muskelkraft um.« Jonas hob einen seiner dünnen Arme. »Meine Bizepse sind aber topsecret und perfekt getarnt.«
Marie lachte. »Na, dann auf zur Currywurst!«
»Wir müssen heute auch nur noch bis nach Potsdam«, sagte Kim. Das wusste sie sogar ohne Zettel. Die letzte Strecke des Tages konnten sie mit der S-Bahn erledigen. Und die fuhr in regelmäßigen Abständen, so dass kein Plan nötig war.

Im Bahnhof kaufte sich jeder von ihnen etwas zu essen. Während Anna, Kim und Jonas sich eine Currywurst genehmigten, holte sich Franzi Falafel und Marie Asia-Food. So kam jeder von ihnen auf

seine Kosten. Anschließend wollten sie noch ein Foto vor einer Bärenstatue im Bahnhof machen. Der Bär war schließlich das Wahrzeichen von Berlin. Das wussten anscheinend aber auch andere Touristen. Jeder wollte vor dem Bären posieren.

»Ich habe den Bären gefunden!« Eine schwarzhaarige Frau mit Köfferchen überholte die drei !!!. Ihre Freundin machte ein Foto. Dann drängte sie zum Aufbruch. Auch Kim wurde langsam unruhig. »Wenn wir pünktlich in Potsdam sind, können wir dort noch eine Aufgabe erledigen.«

Anna nickte. »Denkt bitte daran, dass zwischen 21:00 Uhr abends und 6:30 Uhr morgens Spielpause ist.«

»Keine Sorge.« Franzi winkte ab. »Wir passen schon auf uns auf.«

Die Berliner Skyline

Berlin

Hauptstadt: Berlin

Größe: 891 km^2

Wissenswert: Der Stadtstaat Berlin ist die Hauptstadt von Deutschland.

Geheimtipp:

- Shopping-Fans wie Marie kommen in der Bergmannstraße voll auf ihre Kosten. Es ist eine fröhlich-bunte Straße im Bergmannkiez, die zum Stöbern einlädt.
- Aus einer Mauer wird Kunst: Die East Side Gallery ist die größte Open-Air-Galerie der Welt und wurde von verschiedenen Künstlern bemalt.

WOW!

- Berlin ist die größte Stadt Deutschlands.
- Voll multikulti: In Berlin wohnen Menschen aus über 180 Ländern.
- In Berlin gibt es derzeit rund 10.000 Tauben.

Brandenburg

SCHON BEREIST

NOCH NICHT BEREIST

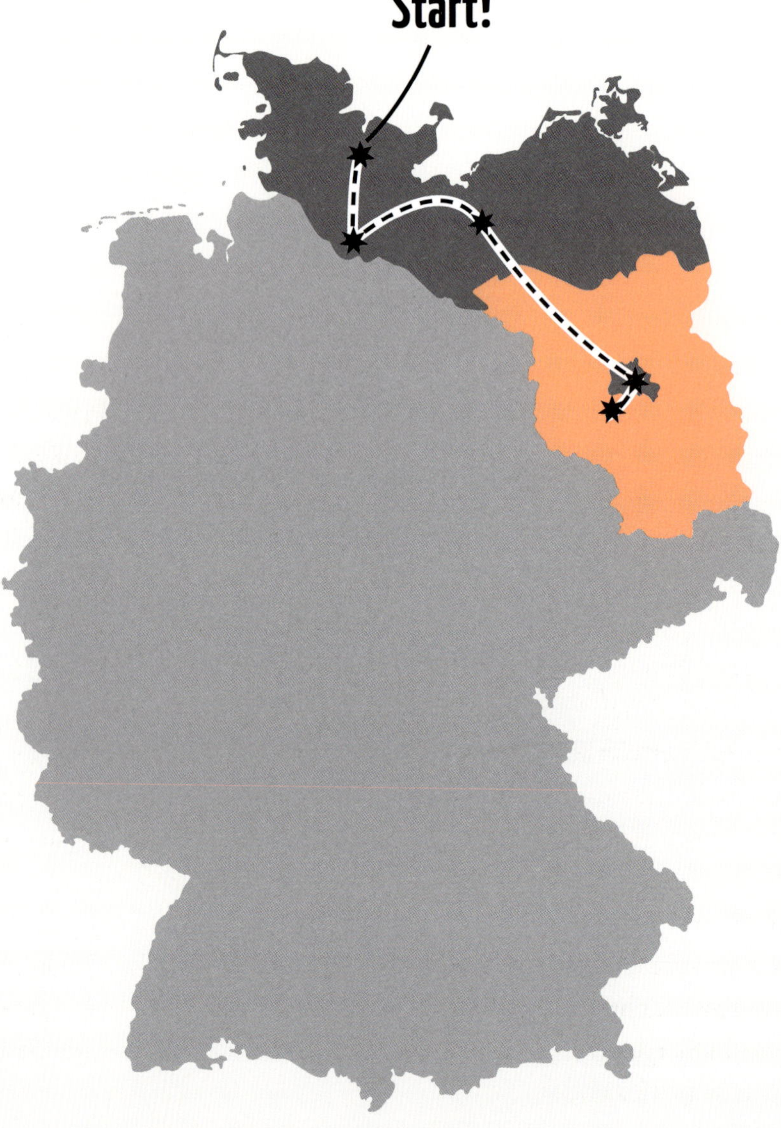

Polizeinachricht

Malerische Schlösser und ein berühmtes Filmstudio? Potsdam klingt ganz nach einer Stadt für mich! (Marie)

Von Berlin nach Potsdam war es ein Katzensprung. In der vollen S-Bahn sahen sich die Mädchen aufmerksam um. Aber schon bald gaben sie sich gegenseitig Entwarnung: kein graues Phantom weit und breit. Nur Pendler in Anzügen, lachende Jugendliche, Eltern mit Kindern, ein Mann mit einer riesigen Zimmerpalme und eine Frau mit einem Mischlingshund, der alle Fahrgäste misstrauisch beäugte. Nach zehn Minuten holte Anna den Kasten mit den Spielkarten aus ihrem Rucksack – für heute das letzte Mal. Erneut zog Team Grün eine Aktionskarte: »Besuche einen sehenswerten Ort und mache ein Foto von dir und deinem Team.«

Jonas schaute auf die Uhr. »Das schafft ihr noch. Wir sind ja gleich da.«

Vor dem Fenster rasten Birkenwäldchen, Lärmschutzzäune und Buschwerk vorbei. Es dauerte nicht lange, da kamen auch schon die ersten Häuser von Potsdam in Sicht. Bevor das Spiel in der Landeshauptstadt von Brandenburg weitergehen konnte, mussten sie jedoch in der Jugendherberge einchecken. Die lag im Stadtteil Babelsberg. Von der S-Bahn-Station aus konnten sie den letzten Teil der Strecke problemlos zu Fuß erledigen. Es tat gut, sich endlich zu bewegen. Die Sonne ging in einem roten Glühen unter und tauchte die Straßen in ein warmes Licht. Gleichzeitig wurde es merklich kühler. Als sie die Jugendherberge erreicht hatten, war die Sonne komplett hinter den Häusern verschwunden.

An der Rezeption kümmerten sich Anna und Jonas um die beiden Zimmer. Die drei !!! würden sich einen größeren Raum mit Anna teilen, während der Praktikant den Luxus eines eigenen Zweibettzimmers genießen durfte. Immerhin gab es bei den Mädchen ein kleines Bad mit Dusche. Kaum hatten sie die Gepäckstücke abgestellt, steuerte Marie auch schon zielstrebig die Nasszelle an. »Ich hüpfe kurz unter die Dusche.«
Franzi schüttelte energisch den Kopf. »Dann wird es zu spät für die Aufgabe.«
»Aber ich rieche nach Bahnhof und ich brauche eine Pause mit Pfirsichduschgel und Haarkur.«
Kim lachte. »Du riechst nicht nach Bahnhof. Und wir haben es fast geschafft. Nur noch ein Foto.«
Franzi fügte ein »Bittebittebittebittebitte!« hinzu – mit Hundeblick. »Ich wette, die Jungs von Team Gelb verzichten sogar komplett aufs Duschen, Waschen und Zähneputzen, um die Zeit optimal zu nutzen.«
»Igitt.« Kim schüttelte sich. »Aber zuzutrauen wäre es denen. Was ist, Marie, kommst du jetzt mit?«
»Meinetwegen«, lenkte Marie ein. »Aber nur, wenn ich danach das Bad für mich habe.«
»Versprochen!«, sagte Kim. »Pfirsichduschgel-Ehrenwort.«
Marie zückte mit neuem Elan ihr Handy. »Im Foyer gibt es total viele Infos zu Sehenswürdigkeiten. Da werden wir bestimmt etwas Passendes finden.«
Die Auswahl war tatsächlich beeindruckend. Während Franzi und Kim einen Aushang über das Schloss Sanssouci betrachteten, gab das Handy von Marie einen zarten Glockenton von sich.

»Liebesgrüße von Holger?«, fragte Franzi, die gerade ein Plakat studierte.

»Keine Liebesgrüße und auch keine Nachricht von Holger«, entgegnete Marie. »Kommissar Peters hat uns geantwortet.«

»Was schreibt er?«, wollte Kim sofort wissen.

Marie schaute auf das Display. *»Hallo ihr drei !!!, könnt ihr mich bitte umgehend wegen der Fotos anrufen? Gruß, Robert J. Peters.«*

Die Mädchen sahen sich vielsagend an. Wenn Kommissar Peters so dringend mit ihnen sprechen wollte, war etwas im Busch.

Detektivtagebuch von Kim Jülich
Dienstag, 21:30 Uhr

Ich weiß gerade gar nicht, wo ich anfangen soll. Heute ist so unendlich viel passiert. Wir haben die Rallye quer durch Deutschland gestartet, waren in fünf Bundesländern, haben Rätsel gelöst und Aufgaben erledigt. Das war alles ziemlich anstrengend und aufregend. Aber mich beschäftigt jetzt eine ganz andere Sache: Wir wurden verfolgt. Eine Frau mit grauen Haaren und Lederjacke tauchte immer wieder auf – zumindest bis Schwerin. Gut, dass Marie Fotos von ihr schießen konnte, und noch besser, dass wir die Bilder gleich an Kommissar Peters geschickt haben. Wir hatten uns schon fast geeinigt, die Begegnungen doch noch als Zufall abzustempeln, als sich der Kommissar gemeldet hat. Wir haben ihn sofort angerufen und er hat uns gewarnt. Es gibt zwar keine Fahndung nach der Frau mit der Lederjacke, aber sie ist durchaus polizeilich bekannt. Unser »graues Phantom« (wie wir sie nennen) ist eine waschechte Juwelendiebin. Sie heißt Sabine Koopmann, ist 64 Jahre alt und hat nach einem bewaffneten Überfall auf ein Juweliergeschäft viele Jahre im Gefängnis gesessen. Fakt ist: Sie ist erst seit drei Wochen auf freiem Fuß. Marie, Franzi und ich sind uns einig: Etwas stimmt hier nicht. Warum sollte uns ausgerechnet eine Juwelendiebin verfolgen? Normalerweise verfolgen wir als Detektive doch die Diebe! Einen

Zusammenhang mit einem alten Fall können wir nicht komplett ausschließen, aber bislang gibt es keine Verbindung zwischen unserer Arbeit und dem Juwelenraub. Uns ist aber aufgefallen, dass unsere Verfolgerin in Schwerin Anna und Jonas beobachtet hat. Gehört sie zu Team Gelb? Oder hat es das Phantom es auf einen von beiden abgesehen? Das könnte jedenfalls ein Hinweis darauf sein, dass es gar nicht um uns Detektivinnen geht. Als das Juweliergeschäft überfallen wurde, waren unsere Betreuer noch Schüler, kaum älter als wir heute. Aber vielleicht wissen sie etwas? Oder es geht um eine ganz andere Sache? Eine offene Rechnung? Vielleicht sogar eine Verwechslung? Um diese Punkte auszuschließen, müssen wir dringend noch einmal mit den Betreuern sprechen. Die tun bislang beide so, als würden sie die Frau nicht kennen.
Wir glauben übrigens, dass wir Sabine Koopmann auf dem Weg nach Berlin abgehängt haben. Wir haben in den letzten Stunden regelmäßig überprüft, ob wir verfolgt werden. Dazu haben wir Maries Taschenspiegel und andere Detektiv-Tricks verwendet. Fehlanzeige. Das graue Phantom ist nicht wieder aufgetaucht. Kommissar Peters hat uns aber gebeten, ihn auf dem Laufenden zu halten. Sabine Koopmann und ihre Komplizen könnten gefährlich sein! Bei dem Überfall sind sie angeblich sehr brutal vorgegangen.

Reisetagebuch von Kim Jülich
Dienstag, 22:00 Uhr

Ich bin hundemüde! Dieser Tag hatte gefühlt 200 Stunden! Und nach der langen Bahnfahrt haben wir heute Abend sogar noch eine Aktionskarte erledigt. Wir sollten uns vor einer Sehenswürdigkeit in Potsdam fotografieren lassen. Die Entscheidung fiel uns nicht leicht. Marie wollte unbedingt zu einem der Schlösser – am liebsten natürlich zu dem berühmten Schloss Sanssouci. Aber dafür hätten wir nochmals durch die Stadt fahren müssen. Franzi hat im Foyer der Jugendherberge ein Bild von einem märchenhaft beleuchteten Tor gesehen. Fast hätten wir das genommen. Aber schließlich haben wir uns für den Filmpark entschieden. Der liegt hier gleich um die Ecke. Als wir ankamen, war der Park leider schon zu.

Aber wir haben uns direkt vor dem Eingang neben eine große Löwenstatue gestellt und ein Foto geschossen.
Potsdam kommt auf jeden Fall auf die Liste der Städte, die wir wieder besuchen wollen. Wenn wir wieder zu Hause sind, machen wir einen Plan für die nächsten Ferien. Aber jetzt will ich nur noch ins Bett. Franzi schläft schon. Anna auch. Nur Marie ist noch im Bad. Sie hat ausgiebig geduscht, ihre Haare gewaschen und eine Haarkur gemacht. Jetzt ist nur noch das Zähneputzen dran. Mal sehen, wie lange sie dafür heute braucht.

Kim gähnte. Sie packte ihr Tagebuch in den Rucksack und streckte sich. Den Handywecker hatte sie auf 6:00 Uhr gestellt. Die Mädchen hatten verabredet, jeden Tag früh aufzustehen, damit sie die Spielzeit voll ausnutzen konnten. Doch zur Sicherheit wollte sie noch einen letzten Blick auf ihren Reiseplan werfen. Kim wusste noch, dass sie gleich nach dem Frühstück nach Magdeburg fahren mussten, aber sie hatte die genaue Uhrzeit nicht mehr im Kopf. Mit einem weiteren Gähnen griff sie in ihre Jackentasche. Ihre Hand fand einen Apfel, aber keinen

Zettel. Verwirrt sah sie in den anderen Jackentaschen nach. Sie fand eine Kaugummipackung, ein Bonbonpapier, eine Büroklammer, zehn Cent, ihre Mini-Taschenlampe und einen kleinen Bleistift – aber keinen Reiseplan. Kim wurde nervös. Sie nahm sich den Rucksack vor. Ebenfalls Fehlanzeige. Wo war ihr Reiseplan geblieben? Kim zwang sich, ruhig nachzudenken. In Schwerin hatte sie den Plan noch gehabt. Sie hatte die Abfahrtszeit überprüft und dann nach ihrem Apfel gesucht. Dafür hatte sie beide Hände gebraucht. Aber wo hatte sie den Plan gelassen? Sie konnte sich beim besten Willen nicht erinnern.

»Alles okay?« Marie trat aus dem Bad.

»Mein Plan ist weg«, flüsterte Kim.

»Wir suchen morgen danach«, flüsterte Marie zurück. »Und falls wir ihn nicht finden, ist es auch nicht so schlimm. Ich habe ihn am Abend vor der Abreise in Kiel fotografiert.«

»Echt?«, fragte Kim überrascht. »Das habe ich gar nicht bemerkt.«

»Doppelt hält eben besser.« Marie warf einen Blick auf die schlafende Franzi. »Und dreifach ist unschlagbar.«

Kim lächelte matt. »Dann kann ich jetzt beruhigt schlafen gehen. Gute Nacht!«

Marie stieg in ihr Bett. »Dir auch eine gute Nacht. Und träum schön.«

Der Baumkronenpfad Beelitz-Heilstätten

Brandenburg

Hauptstadt: Potsdam
Größe: 29.654 km^2
Wissenswert: Mit rund 3.000 Seen ist Brandenburg das Bundesland mit den meisten Gewässern.

Geheimtipp:

- Baumkronenpfad Beelitz-Heilstätten: Zwischen den Wipfeln wanderst du über das verwunschene Waldgelände einer Ruine. Im Sommer gibt es zauberhafte Events wie die Glühwürmchennacht.

WOW!

- In Potsdam gibt es einen Supermarkt mit einer Anlegestelle für Kunden, die mit dem Boot kommen.
- Der Potsdamer Stadtteil Babelsberg galt früher wegen des Filmstudios als das Hollywood Deutschlands.

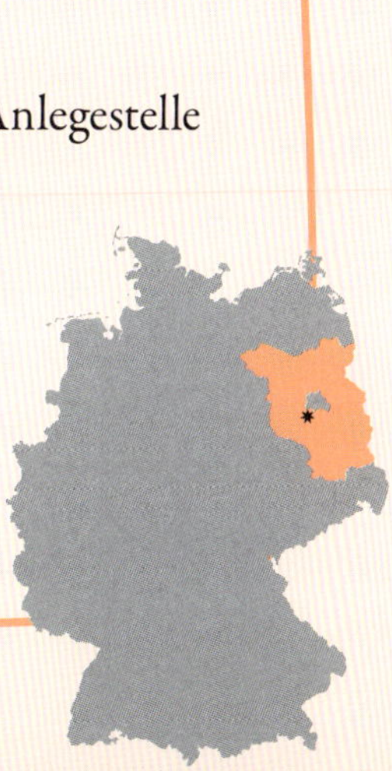

Sachsen-Anhalt

SCHON BEREIST

NOCH NICHT BEREIST

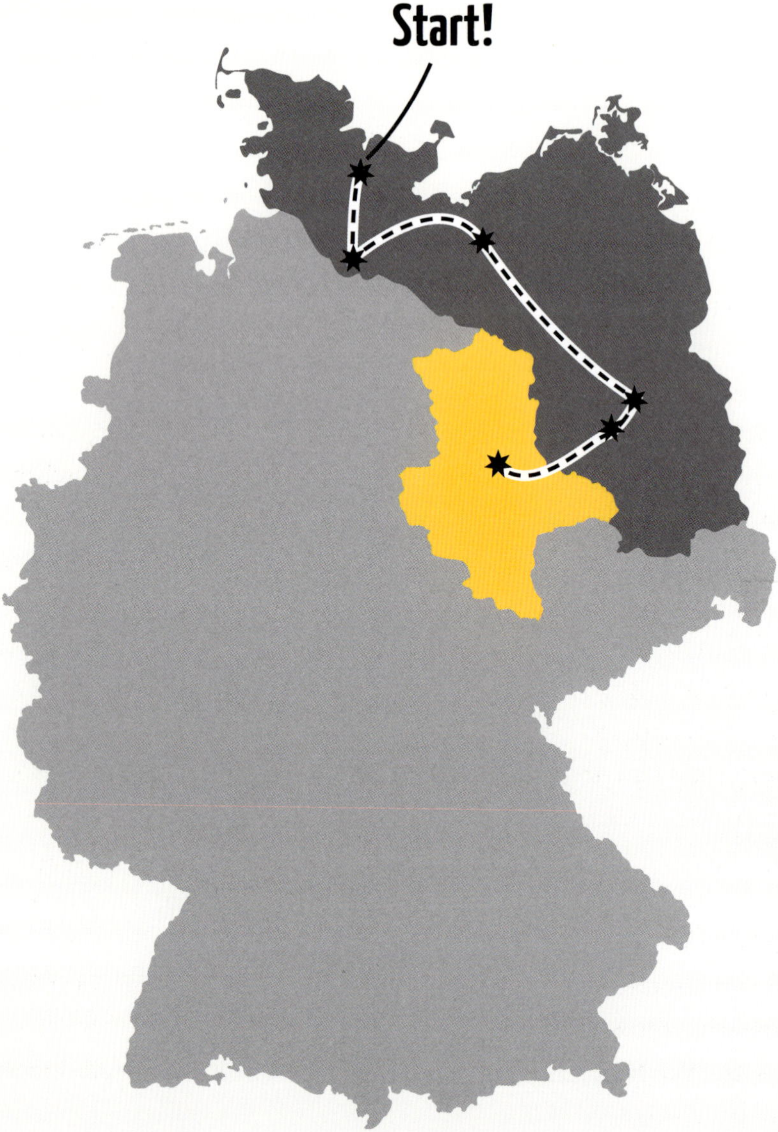

Geheime Verfolger

Mal sehen, ob wir in Magdeburg eine Aufgabe erledigen müssen. Ich hoffe, der Weg führt uns dann zum Hundertwasserhaus oder zum Jahrtausendturm. (Kim)

Der Morgen war kalt und dunkel. Kim konnte kaum die Augen offen halten. Dabei mussten sie sich heute beeilen. Der Regionalexpress nach Magdeburg fuhr in wenigen Minuten ab. Franzi hatte sich Maries Schuhbeutel über die Schulter gehängt. Den Kosmetikkoffer trugen Kim und Franzi abwechselnd. Marie hatte es mit dem Gepäck eindeutig übertrieben und musste sich die eine oder andere Bemerkung anhören. Aber wenn es darauf ankam, halfen sich die Mädchen gegenseitig. Dafür war Marie ihren Freundinnen sichtlich dankbar.

»Schneller«, keuchte Kim, als sie zum Bahnsteig liefen. Sie blickte zur Bahnhofsuhr. Der große Zeiger wanderte gerade ruckartig ein Stück weiter. Die Abfahrtszeit war bereits überschritten. Auf dem Gleis war kein Regionalexpress mehr zu sehen. Sie waren fünf Minuten zu spät. Kim stöhnte. »Wir haben den Zug verpasst.«

»Dann können wir wenigstens in Ruhe frühstücken«, sagte Jonas. »Bei der Eile eben konnte ich nicht mal meinen Kaffee genießen.«

Kaum hatte er das gesagt, als eine Durchsage erklang: »Der Regionalexpress Richtung Magdeburg Hauptbahnhof fährt heute mit zehn Minuten Verspätung von Gleis 2.«

»Wir schaffen es doch«, jubilierte Kim. Mit einem Mal fühlte sie sich ganz wach. »Also dann nichts wie hin!«

Marie blieb stehen. »Aber wo ist Gleis 2? Jedenfalls nicht gegenüber von Gleis 1.«

Auch Franzi sah sich nun verwundert um. »Sieht so aus, als wäre hier etwas durcheinander.«
In Potsdam waren die Gleise offensichtlich etwas anders verteilt, als es sonst üblich war. Als sie endlich am Ziel ankamen, fuhr bereits der Regionalexpress ein. Schon gingen die Türen auf und Menschen drängten auf den Bahnsteig. Die Mädchen schauten ein letztes Mal, ob das graue Phantom in der Nähe war. Doch die Frau ließ sich auch hier nicht blicken. Hieß das, dass sie doch nicht verfolgt wurden? Oder hatten sie die Frau einfach nur abgehängt?

Die Fahrt nach Magdeburg dauerte anderthalb Stunden. Umso besser, dass es genügend freie Sitzplätze gab. Jonas besorgte sich beim Snack-Point einen heißen Kaffee und ein Brötchen. Marie begleitete ihn und gab für alle eine Runde Croissants aus.
»Hmm«, machte Kim zufrieden. Doch kaum hatte sie in das duftende Gebäck gebissen, als Anna auch schon den Kasten mit den Spielkarten hervorholte. »Alle Detektive bereit für die nächste Aufgabe?«
Kim gab ein weiteres »Hmm« von sich – allerdings deutlich weniger zufrieden. Sie hatte eigentlich vorgehabt, Anna und Jonas noch einmal auf Sabine Koopmann anzusprechen. Es gab einiges zu besprechen – auch, wenn sie die Frau vermutlich abgehängt hatten.
»Also«, begann sie, doch da zog Franzi auch schon schwungvoll eine Karte für Team Grün.
»Es ist eine Rätselkarte«, verkündete Anna erleichtert. Doch dann veränderte sich ihr Gesichtsausdruck. »Ihr müsst dieses Mal ohne Internet und fremde Hilfe auskommen.«
»Mist!« Jonas blickte auf die Frage. »Das wird nicht leicht.«

»Wir schaffen das«, sagte Franzi zuversichtlich. Sie räusperte sich theatralisch und las dann vor: »*Viele Orte hier im Land sind Detektiven wohlbekannt. Ganz egal ob klein, ob groß – manche heißen kurios. Von den vieren gibt es drei. Welcher ist nur Schwindelei? 1. Hundeluft 2. Lederhose 3. Silberfisch 4. Oberbillig.*«

Marie sah ihre Freundinnen unsicher an. »Also ich tippe auf Hundeluft.«

»Das würde dann aber bedeuten, dass es irgendwo in Deutschland einen Ort namens Lederhose gibt«, warf Kim ein.

»Ganz zu schweigen von Oberbillig«, fügte Franzi prustend hinzu. »Und Silberfisch. Das klingt alles nicht real.«

»Ach, gib zu, dass du total gern in Hundeluft leben würdest«, gackerte Marie. »Wo es bei euch auf dem Hof ja eh schon Pferdeluft und Hühnerduft gibt.«

Franzi streckte ihrer Freundin die Zunge raus. »Besser als deine Maiglöckchen-Vanille-Parfum-Pfirsichduschgel-Karibikshampoo-Brise!«

»Hundeluft klingt seltsam«, überlegte Kim. Sie blieb als Einzige ruhig. »Aber Silberfisch auch. Das sind doch diese kleinen Viecher, die nachts im Badezimmer herumdüsen.«

»Bei mir nicht«, kicherte Marie. »Aber Franzi züchtet die bestimmt und gibt ihnen Namen.«

»Ja«, prustete Franzi los. »Das mache ich. Meine Prachtexemplare heißen Oberbillig und Lederhose.«

»Ich fürchte, wir müssen raten.« Kim machte ein skeptisches Gesicht. »So kommen wir nämlich nicht weiter.«

»Hundeluft oder Lederhose – das sind meine Schwindel-Favoriten«, meinte Marie.

»Meine auch«, bekräftigte Kim.

Franzi nickte. »Ich schließe mich an.«
»Es ist aber nur ein Name falsch«, mischte sich Jonas ein. »Ihr müsst euch schon entscheiden.«
»Lederhose«, entschied Franzi. Ihre Freundinnen zögerten kurz, willigten dann aber ein.
»Lederhose«, wiederholte Anna. Sie zückte die kleine Lampe, mit der sie die Antwort auf der Karte sichtbar machen konnte. »Moment. Gleich wissen wir Bescheid.«
»Oh Mann, wir hätten doch besser Hundeluft nehmen sollen«, murmelte Marie.
Anna leuchtete die Karte an. »Die richtige Antwort lautet: *Silberfisch ist kein Ort in Deutschland.*«
»Das kann doch nicht wahr sein«, stöhnte Marie.
Die drei !!! sahen sich bedrückt an. Eine falsche Antwort bedeutete Punktabzug. Sie hatten sich so ins Zeug gelegt und mühsam jeden einzelnen Punkt ergattert. Und jetzt musste ihnen Jonas einen davon abziehen. Das war hart.
»Die Jungen haben wieder die Nase vorn.« Jonas sah auf sein Handy. Dann zeigte er Kim, Franzi und Marie ein Foto von einem Jutebeutel mit der Aufschrift I LOVE HANNOVER. »Während ihr gestern Spreewasser besorgt habt, mussten die Jungen in Niedersachsen ein Andenken besorgen.«
»Die haben die Route über Bremen genommen«, stellte Kim zerknirscht fest. »Dann könnte es sein, dass wir sie in Magdeburg beim Umsteigen treffen.«
»Die Wahrscheinlichkeit ist aber eher gering, oder?«, fragte Marie. »Selbst, wenn sie heute irgendwann ebenfalls in Magdeburg sind, müssen sie uns dort ja nicht über den Weg laufen.«

»Hoffentlich nicht«, sagte Franzi. »Ich habe keine Lust auf blöde Kommentare. Meine Laune ist gerade im Keller.«

Die Bahn fuhr mit einer leichten Verspätung im Bahnhof von Magdeburg ein. Dieses Mal bedauerte Kim den kurzen Aufenthalt. Von hier aus waren es nur wenige Gehminuten bis zu dem berühmten Hundertwasserhaus in der Altstadt. Kim hätte nur zu gern ein Foto gemacht, aber ein Blick auf die Uhr verriet, dass die Zeit dafür zu knapp war. Team Grün hatte exakt eine Viertelstunde, um das Pflicht-Foto mit dem Bahnhofsschild zu machen und anschließend den Intercity nach Hannover zu suchen. Das Foto war schnell gemacht, doch dann geschah etwas Unerwartetes: Kim war kurz bei einem Plakat stehen geblieben, das eine Museumsfestung in der Nähe des Bahnhofs bewarb. Als sie ihrer Gruppe folgte, entdeckte sie, dass Team Grün schon wieder beobachtet wurde. Hinter einem Schild stand eine geduckte Gestalt und ließ das Team nicht aus den Augen. Kim kniff die Augen zusammen. Weder die Lederjacke noch die stahlgrauen Haare waren zu erkennen. Die Person trug ein ausgewaschenes Sweatshirt mit Kapuze und hatte statt einer Handtasche zwei vollgestopfte grüne Plastiktüten dabei. Aus der Entfernung konnte Kim nicht sagen, ob es sich um das graue Phantom handelte. Von der Größe und der Statur her war es möglich. Doch ein direkter Blick auf das Gesicht der Person war nicht möglich. Sie guckte in die andere Richtung, hatte die Kapuze weit in die Stirn gezogen und zudem eine Brille mit einem breiten Rahmen aufgesetzt. Die Art und Weise, wie sie sich bewegte, ließ darauf schließen, dass sie nervös war. Vielleicht, weil Kim nicht bei der Gruppe war? Oder hatte sie Angst, selbst beobachtet zu werden – zum Beispiel von der Polizei?

Kim tat so, als würde sie nichts bemerken. Mehrere Meter vor ihrer Gruppe wurde sie langsamer. Was sie jetzt tun würde, fiel ihr nicht leicht. Sie hatte weder das Schauspiel-Talent von Marie noch den Mut von Franzi. Für die drei !!! wagte sich Kim jedoch immer wieder bereitwillig aus ihrer Komfortzone. Auch wenn sie dafür an einem öffentlichen Ort herumbrüllen musste. »Mensch, Leute, wir müssen uns beeilen«, rief Kim ihren Freundinnen in voller Lautstärke zu. »Nicht, dass der Zug ohne uns nach Hannover fährt.«

Franzi runzelte die Stirn, aber Kim bedeutete ihr mit einer kaum sichtbaren Geste, dass sie im Detektivmodus war. Die Mädchen stiegen betont langsam ein, was in Maries Fall sowieso nötig war. Sie blieb mit ihrem Schuhbeutel hängen und benötigte Annas Hilfe, um wieder freizukommen. Franzi und Kim halfen mit der riesigen Reisetasche. Dieses Mal fand Kim das nicht weiter tragisch – ganz im Gegenteil. Sie gaben ihrem Verfolger eine gute Gelegenheit, ebenfalls in den Zug zu steigen. Aus den Augenwinkeln sah Kim, wie ein grauer Schatten in der nächsten Tür verschwand. Die Falle schnappte zu.

Die »Grüne Zitadelle«

Sachsen-Anhalt

Hauptstadt: Magdeburg
Größe: 20.454 km²
Wissenswert: Sachsen-Anhalt ist das Land der Hexen – zumindest zur Walpurgisnacht am 30. April, dem Großereignis im Harz.

!

Geheimtipp:

- Der berühmte Künstler Hundertwasser hat für Magdeburg die »Grüne Zitadelle« entworfen – ein wundersames Haus mit rosa Fassaden, runden Fenstern, schiefen Türmen, bunten Säulen, tausenden von Mosaiksteinchen und einem bewaldeten Dach.

WOW!

- Die Leute in Sachsen-Anhalt stehen angeblich früher auf als der Rest der Deutschen.
- Der Jahrtausendturm in Magdeburg ist das höchste Holzgebäude der Welt.

Niedersachsen

SCHON BEREIST

NOCH NICHT BEREIST

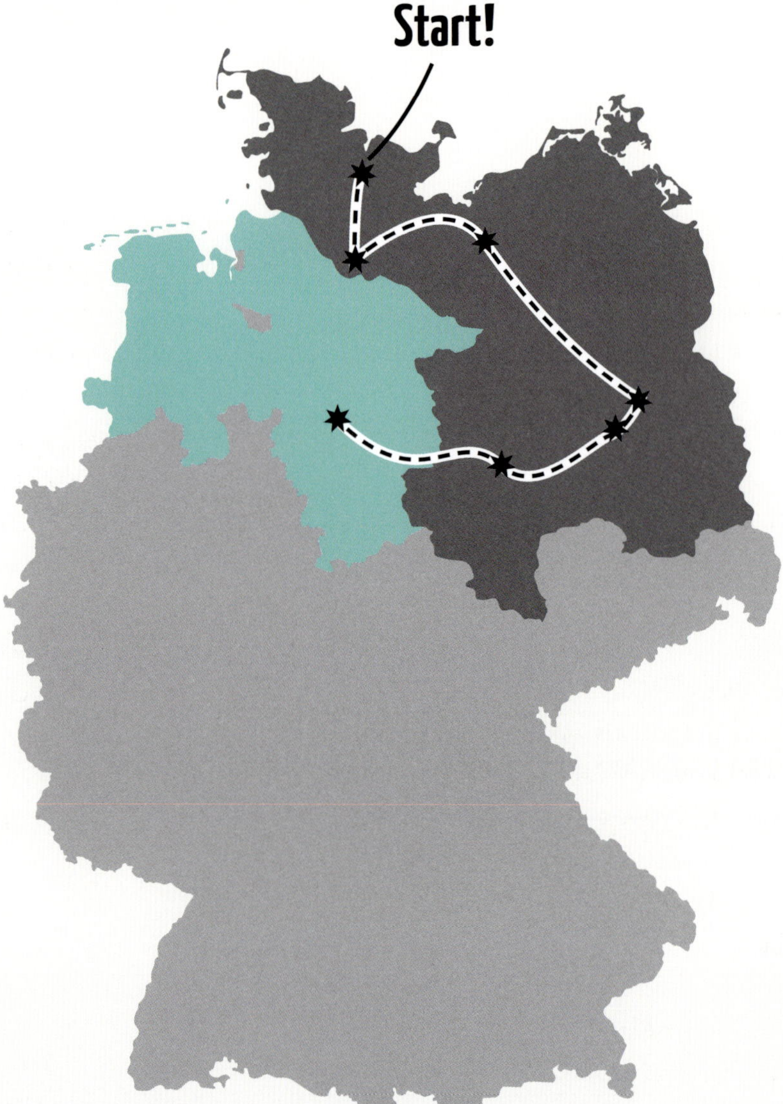

Wahrheiten

In Hannover war ich schon. Auf der Pferdemesse bin ich zum ersten Mal in meinem Leben zur Shopping-Queen mutiert. Mein Taschengeld war danach alle. (Franzi)

»Verfolger ist an Bord«, raunte Kim ihren Freundinnen zu. Dann wandte sie sich an Anna. »Wir müssen kurz etwas überprüfen. Danach kommen wir zurück und ziehen die nächste Karte.«

Bevor Anna etwas entgegnen konnte, war Kim schon mit Franzi verschwunden. Marie blieb mit ihrem schweren Gepäck zurück. Der Schuhbeutel hatte sich verheddert. Außerdem musste einer von ihnen sich um die Sitzplätze kümmern. Kim und Franzi verloren keine Zeit. Nicht, dass sich die Person im Sweatshirt am Ende auf eines der WCs verzog. Doch die Sorge war unbegründet. Schon im nächsten Wagen wurden sie fündig. Die Verfolgerin war tatsächlich eine Frau. Sie stand eingeklemmt zwischen einem beleibten Mann im Regenmantel und einer telefonierenden Geschäftsfrau im Gang und kam weder vor noch zurück. Gerade, als sie sich auf einen freien Platz setzen wollte, drängten sich Franzi und Kim in die Bankreihe davor. Kim spähte über den Sitz. Kein Zweifel, die Person mit dem Hoodie und den Plastiktüten war Sabine Koopmann, das graue Phantom.

»Hallo, Frau Koopmann«, grüßte Kim.

»Hallo.« Die Frau sah die Mädchen bestürzt an.

»Also so geht das nicht!« Die Geschäftsfrau im Gang ließ ihr Handy sinken. »Der Platz ist reserviert.«

»Sie können sich gleich hinsetzen«, sagte Franzi ungeduldig. »Wir müssen nur schnell etwas klären.«

»Nicht gleich, jetzt!« Die Frau hob wieder das Handy ans Ohr und setzte ihr Gespräch in strengem Tonfall fort. »Wir müssen *asap* eine *Solution* finden. Ich setze auf *Win-win*. *Low Budget*, aber *High Quality*. Verstanden?«

»Wir sollten reden«, sagte Kim unterdessen leise zum grauen Phantom.

»Ich habe für die Reservierung bezahlt.« Die Geschäftsfrau fixierte nun wieder Kim und Franzi. Sie machte eine hektische Handbewegung, bevor sie wieder ins Handy rief: »Ich brauche zeitnah das *Briefing*! Das ist die *Top Priority*.«

»Wir reden gleich im Flur vor der Toilette«, empfahl das graue Phantom. Sie deutete auf das Ende des Wagens. Dort, wo die Treppe ins Obergeschoss führte, war noch etwas Platz. Ansonsten war der Wagen voll. Die Menschen drängten sich dicht an dicht. Die Geschäftsfrau drückte ihr Köfferchen energisch gegen die Schienbeine der Mädchen. Kim seufzte: »Hören Sie, wir haben eine perfekte *Solution*. Sie lassen uns kurz hier *asap* raus und dann bekommen Sie zeitnah Ihren *High Quality Seat*. *Deal*?«

Genervt machte die Geschäftsfrau einen Schritt nach hinten, wobei sie mit ihren Stöckelschuhen auf die Tasche eines älteren Herren trat. Der regte sich nun ebenfalls lautstark auf und forderte eine Entschuldigung ein. Die Geschäftsfrau war aber bereits wieder am Telefon und klagte über ein *Worst-case-Szenario* beim *Team-Building*. Es dauerte eine gefühlte Ewigkeit, bis sich Kim und Franzi mit Sabine Koopmann bis zur Treppe durchgekämpft hatten. Nur langsam löste sich der Stau auf und die Leute fanden ihre Plätze.

»Können wir jetzt reden?«, fragte Kim. Sie lehnte sich mit dem Rücken an die Wand neben der Toilette.

Das graue Phantom sah sich besorgt im Wagen um, doch dann nickte sie. Sie drehte sich so, dass nur Kim und Franzi sie sehen konnten. Die Kapuze des Hoodies zog sie noch tiefer in die Stirn. »Wer fängt an?«
»Sie sind Sabine Koopmann«, sagte Kim geradeheraus.
»Woher wisst ihr das?« Die Frau schob ihre Kapuze ein Stück zurück und sah die Mädchen überrascht an.
»Wir wissen eine ganze Menge«, gab Franzi zurück. »Zum Beispiel von dem Überfall und den verschollenen Juwelen.«
Sabine Koopmann zögerte. Ihre Augen zuckten. »Wisst ihr auch über Anna Bescheid?«
»Anna?«, wiederholte Franzi triumphierend. »Sie haben also doch Anna beobachtet. Hat sie etwas mit dem Überfall auf den Juwelier zu tun?«
Kim legte einen Finger an den Mund. »Nicht so laut.«
»Nein, Anna ist keine Diebin und sie hat mit der ganzen Sache nichts zu tun. Sie ... ist ... meine Enkelin.« Sabine Koopmann blickte zu Boden.
»Eine gewisse Ähnlichkeit gibt es tatsächlich«, stellte Kim überrascht fest. »Aber Ihre Geschichte kann trotzdem nicht stimmen. Anna hat Sie nämlich nicht erkannt!«
»Kein Wunder«, sagte das graue Phantom mit brüchiger Stimme. »Ich war für längere Zeit im Gefängnis. Nach meiner Freilassung wollte ich meine Familie besuchen, aber meine Tochter hat mich fortgeschickt. Sie hat schon als junge Frau den Kontakt zu mir abgebrochen. Damals habe ich das nicht verstanden, aber jetzt möchte ich alles wiedergutmachen. Darum wollte ich auch unbedingt mit Anna reden. Nur, dass ich mich erst nicht getraut habe.«

»Woher wussten Sie, dass Anna in Kiel sein würde?«, fragte Kim. Eine bessere Frage fiel ihr gerade nicht ein.
»Aus der Zeitung«, erklärte Sabine Koopmann. »Ich habe den Artikel über *Die Reisedetektive* gelesen. Also habe ich einen alten Freund um Geld gebeten und bin zum Start nach Kiel gereist. Es war ein kleiner Hoffnungsschimmer. Ich wollte diese Reise für mich machen, aber auch für meine Familie.«
»Und das sollen wir Ihnen glauben?«, fragte Franzi skeptisch.
»Es ist ja auch für mich schwer zu begreifen«, gestand die grauhaarige Frau. »Ich habe Anna das letzte Mal gesehen, als sie drei Monate alt war. Aber kurz darauf gab es erneut einen großen Streit mit meiner Tochter. Ich habe mich damals sehr dumm verhalten.«
»Und jetzt sind Sie klüger?« Kim hob die Augenbrauen.
»Ich hatte im Gefängnis sehr viel Zeit, um nachzudenken. Und ich hatte Abstand zu den Menschen, die mich damals beeinflusst haben.«
»Ach ja?« Franzi sah nicht gerade überzeugt aus.
»Wenn man alt wird, werden plötzlich andere Dinge wichtig.« Sabine Koopmann seufzte. »Früher dachte ich, dass Geld all meine Probleme lösen könnte. Und ich wollte unbedingt mit dem Mann meiner Träume zusammen sein – Norbert.« Sie machte eine kurze Pause. »Wisst ihr, das ist eine lange Geschichte und sie ist auch ziemlich persönlich. Wichtig ist eigentlich nur, dass auch Erwachsene sehr schlechte Entscheidungen treffen können. Wir hängen uns manchmal ausgerechnet an die Menschen, die uns nicht guttun, und wir brauchen Abstand, um das zu verstehen.«
»Sind Sie den ganzen Weg hinter uns hergereist, um mit Anna zu sprechen?«, fragte Franzi. »Von Kiel bis hierher?«

»Ja … und nein«, gab Sabine Koopmann zu. »Etwas läuft schief. Ich bin nur wegen Anna nach Kiel gefahren, aber dann sind mir meine ehemaligen Komplizen auf die Schliche gekommen: Norbert und Roswitha. Jetzt bin ich quasi auf der Flucht vor ihnen.«

»Der Norbert, von dem Sie eben sprachen.«

»So ist es«, bestätigte die Frau mit sorgenvoller Miene. »Ich habe die beiden am Bahnhof in Kiel gesehen. Sie denken, dass ich die Beute aus unserem Raubzug suche, aber das ist nicht der Fall.«

»Und warum sagen Sie denen das nicht?«

Sabine Koopmann schloss die Augen. »Norbert vertraut niemandem. Er ist gefährlich und unberechenbar. Für ihn bin ich eine Verräterin.«

»Dann war es unklug, Anna hinterherzureisen. Sie bringen sie damit doch in Gefahr!«

»Anna ist längst in Gefahr«, stöhnte Frau Koopmann. »Norbert weiß von ihr. Und er hat sie gestern mit Sicherheit erkannt. Sie ist meiner Tochter wie aus dem Gesicht geschnitten. Garantiert glaubt er, dass Anna das Versteck der Beute kennt. Und selbst wenn nicht, er könnte meine Enkelin benutzen, um mich unter Druck zu setzen.«

»Erst lasst ihr mich zurück und dann kommt ihr nicht wieder.« Marie tauchte mit vorwurfsvollem Gesicht hinter ihren Freundinnen auf. In der Hand hielt sie eine Spielkarte. »Was –« Sie stutzte, als sie das graue Phantom sah.

»Wir erklären es dir gleich«, versprach Kim.

»Okay«, machte Marie gedehnt. »Ich habe übrigens für uns eine Aktionskarte gezogen. Nur für den Fall, dass das noch wichtig ist.«

»Dann würde ich vorschlagen, dass wir Anna holen.« Kim deutete auf den Gang, der inzwischen beinahe leer war. Die meisten Fahrgäste hatten einen Sitzplatz gefunden. »Anna und Frau Koopmann sollten sofort miteinander reden. Und wir können dich unterdessen auf den neusten Stand bringen.«

In Hannover stiegen alle gemeinsam aus. Anna war blass um die Nase. Sie hatte während der Fahrt mit ihrer Mutter telefoniert und die hatte die ganze Geschichte bestätigt – von dem Familienstreit bis hin zum gefährlichen Norbert. Trotzdem war Anna bereit, mit ihrer Großmutter reden. Die beiden suchten sich ein sichtgeschütztes Plätzchen in einem Café in Bahnhofsnähe. Etwas widerwillig zogen die drei !!! gemeinsam mit Jonas los. Nur ungern verpassten sie das Gespräch zwischen der ehemaligen Juwelendiebin und ihrer Enkelin. Doch die Aktionskarte duldete keinen Aufschub. Die Mädchen hatten entschieden, das Spiel vorerst nicht abzubrechen. Im Grunde hatten sie den Fall »Graues Phantom« ja gerade eben gelöst. Zumindest, was Sabine Koopmann betraf. Kim dachte an Norbert und Roswitha, die nach der verschollenen Beute suchten. Wie weit würden sie gehen, um Sabine und ihre Begleiter unter Druck zu setzen? Kim verdrängte das ungute Gefühl, dass ihr eine lauernde Bedrohung signalisierte. Schließlich konnten ihnen die Juwelendiebe bei den ständigen Zugwechseln bestimmt nicht folgen. Und bislang hatten die drei !!! doch immer eine Lösung gefunden.
»Neuer Einsatz für die Reisedetektive«, las Marie vor. *»Fahrt eine Station mit dem öffentlichen Nahverkehr und fotografiert das Ticket.«*
»Also mit einem Bus, einer S-Bahn oder U-Bahn«, fasste Franzi zusammen.
»Oder mit der Straßenbahn!« Kim hatte ein Schild mit dem entsprechenden Symbol entdeckt. Es wies zum Bahnhofsvorplatz.

Kim war froh, dass sie kein festes Ziel hatten. Es war nicht leicht, die Übersicht zu behalten. Schließlich stiegen sie in die Straßenbahn zur Haltestelle Kröpcke. Während Jonas zur Dokumentation ein Foto von dem Ticket machte, las Marie vor, was sie im Handy herausgefunden hatte. »Kröpcke befindet sich mitten in Hannover. Die Haltestelle liegt in einer Fußgängerzone. Bekannt ist die Kröpcke-Uhr, die zu den Wahrzeichen der Stadt gehört.«

»Da mache ich dann schnell noch ein Foto für meinen Vater«, entschied Kim. Ihr Vater war Uhrmacher und interessierte sich für berühmte Zeitmesser.

»Meint ihr, Anna und ihre Großmutter sind in dem Café in Sicherheit?«, fragte Franzi beim Aussteigen.

»Sabine Koopmann hat sich auf dem Hauptbahnhof gründlich umgesehen«, sagte Marie. »Ihre Komplizen hat sie seit Ludwigslust nicht mehr gesehen.«

»Zumindest, wenn ihre Angaben richtig sind«, sagte Franzi. Ihre Zweifel waren noch längst nicht aus der Welt geschafft.

»Wir steigen so oft um, dass es fast unmöglich ist, uns zu folgen«, sagte Kim. Ihre Wangen röteten sich bei den nächsten Worten. »Sabine Koopmann konnte uns nur deshalb wiederfinden, weil sie beobachtet hat, wie ich in Schwerin meinen Plan verloren habe. Das war sehr nachlässig von mir. Sie hat ihn aufgehoben und gelesen, dass wir in Potsdam übernachten wollten. Magdeburg war als erstes Tagesziel für heute angegeben. Dort hat sie auf uns gewartet.«
»Es ist also unwahrscheinlich, dass Norbert und Roswitha uns auf den Fersen sind«, meinte Franzi. »Aber dafür müssen wir uns nun mit unserem grauen Phantom herumschlagen.«
»Wir sollten trotzdem noch einmal mit Kommissar Peters sprechen«, schlug Marie vor.
»Und was sollen wir sagen?«, fragte Kim. »Bislang gibt es keine Beweise, dass Norbert und Roswitha uns überhaupt gefolgt sind. Außerdem ist Reisen an sich nicht verboten. Sie haben keine belegbare Straftat begangen.«
»Lasst uns trotzdem auf Nummer sicher gehen«, bat Marie. »Wir könnten zum Beispiel dafür sorgen, dass wir noch schwerer zu verfolgen sind.«
»Huhu. Ich bin auch noch da.« Jonas räusperte sich und unterbrach die Unterhaltung ungeduldig. »Denkt ihr eigentlich auch hin und wieder mal an das Spiel?«
»Klar«, sagte Franzi halbherzig.
Der Praktikant seufzte. »Team Grün hat längst die Führung eingebüßt. Die Jungen ziehen voll durch und geben alles.«
»Wir geben auch alles!«, sagte Marie mit Nachdruck.
Kim wollte das gerade bestätigen, als ihr siedend heiß etwas einfiel. »Sag mal, Jonas, hast du das Foto von dem Ticket hochgeladen?«

Der Praktikant nickte. »Klar. Um eure Fortschritte zu zeigen.«
»Dann kann jeder mit einem Blick ins Internet erfahren, dass wir gerade in Hannover sind«, sagte Kim. »Das ist nicht gut. Kannst du bitte noch eine falsche Info hochladen?«
Jonas runzelte die Stirn. »Das geht echt nicht.«
»Bitte! Es schadet doch niemandem.«
»Und was soll ich schreiben?«
»Erfurt, wir kommen!«, schlug Kim vor.
»Und was bringt das?« Jonas blieb stehen.
»Wir wollen gleich nach Bremen«, erklärte Kim ungeduldig. »Aber wir werden den Zug erst in letzter Minute besteigen. Sollen die Verbrecher doch den ganzen Tag in Erfurt warten. Bei uns ist dieser Halt erst übermorgen dran.«
»Eine gute Idee!« Franzi streckte den Daumen hoch. »Das verschafft uns einen Vorsprung.«
»Nicht beim Spiel«, meinte Jonas.
»Das gewinnen wir auch so«, sagte Marie. Leise fügte sie ein »hoffentlich« hinzu.
Nachdem Marie Kim vor der Kröpcke-Uhr fotografiert hatte, steuerten die Mädchen einen Supermarkt an. Sie besorgten frisches Obst, Müsliriegel, Studentenfutter, Schokolade und Getränke. Auf dem Rückweg besprachen sie ihren Plan.

»Wir treffen uns später«, rief Anna, als sie etwas später wieder alle gemeinsam am Hauptbahnhof standen. Sie winkte den drei !!! zu.
»Aber kommt bitte nicht zu spät«, mahnte Marie lautstark. »Treffpunkt ist um Punkt vier am Hauptbahnhof Erfurt.«

»Ja, ja«, sagte Sabine Koopmann mit gespielt genervtem Tonfall. Sie stieg gemeinsam mit ihrer Enkeltochter in den ICE Richtung Göttingen.

Anna blieb in der Tür stehen und winkte erneut. »Passt auf euch auf!«

»Team Grün gewinnt!«, rief Marie zurück.

Die drei !!! blieben mit Jonas auf dem Bahnsteig stehen. Der leerte sich allmählich. Sie winkten, als der Zug abfuhr.

»Keiner mehr zu sehen«, meinte Franzi. Doch dann tauchten hinter der Rolltreppe zwei Personen auf. Anna und ihre Großmutter hatten sich genau an den Plan gehalten: Sie waren kurz vor der Abfahrt des ICEs wieder ausgestiegen und hatten sich einen sichtgeschützten Ort gesucht.

»Falls Norbert und Roswitha hier waren, sitzen die jetzt im Zug nach Göttingen«, sagte Sabine Koopmann zufrieden.

»Und dort steigen sie in die Bahn nach Erfurt um«, fügte Anna hinzu. »Das war eine richtig tolle Idee! Ein echtes Verwirrspiel.«

»Trotzdem sollten wir nicht zu unvorsichtig sein«, mahnte Kim. »Den Zug nach Bremen nehmen wir in letzter Sekunde. Dafür müssen wir schnell sein.«

Marie sah schuldbewusst an sich herunter. »Ich fürchte, ihr müsst mir helfen.«

»Wir teilen dein Gepäck auf«, bot Jonas an. »Und dieses Mal packe ich auch mit an. Das ist schließlich ein außergewöhnlicher Sonderfall – jenseits des Spiels.«

Das Pferdeland Niedersachsen

Niedersachsen

Hauptstadt: Hannover
Größe: 47.710 km^2
Wissenswert: Reitsport und Pferdezucht gehören zur Landestradition Niedersachsens – so wie die berühmten Pferderassen Hannoveraner und Oldenburger.

Geheimtipp:

- Pferdefreunde wie Franzi freuen sich jedes Jahr auf die »Pferd & Jagd« in Hannover – die größte Messe für Reiter in Europa.

WOW!

- Der höchste Berg von Niedersachsen ist der Wurmberg im Harz.
- Alle Funkuhren in West-Europa werden durch eine Atomuhr gesteuert, die in Niedersachsen steht – nämlich in Braunschweig.

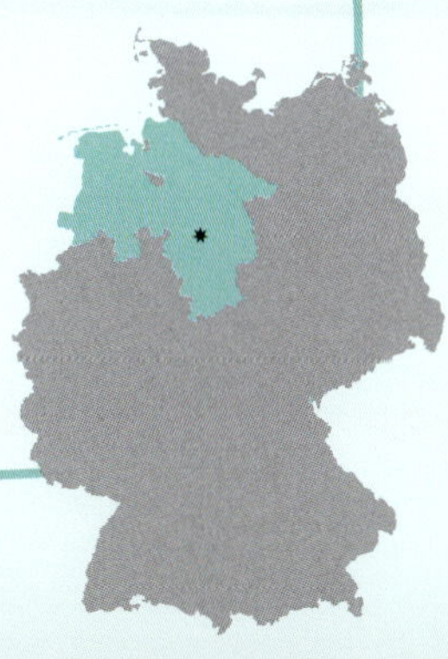

Bremen

SCHON BEREIST

NOCH NICHT BEREIST

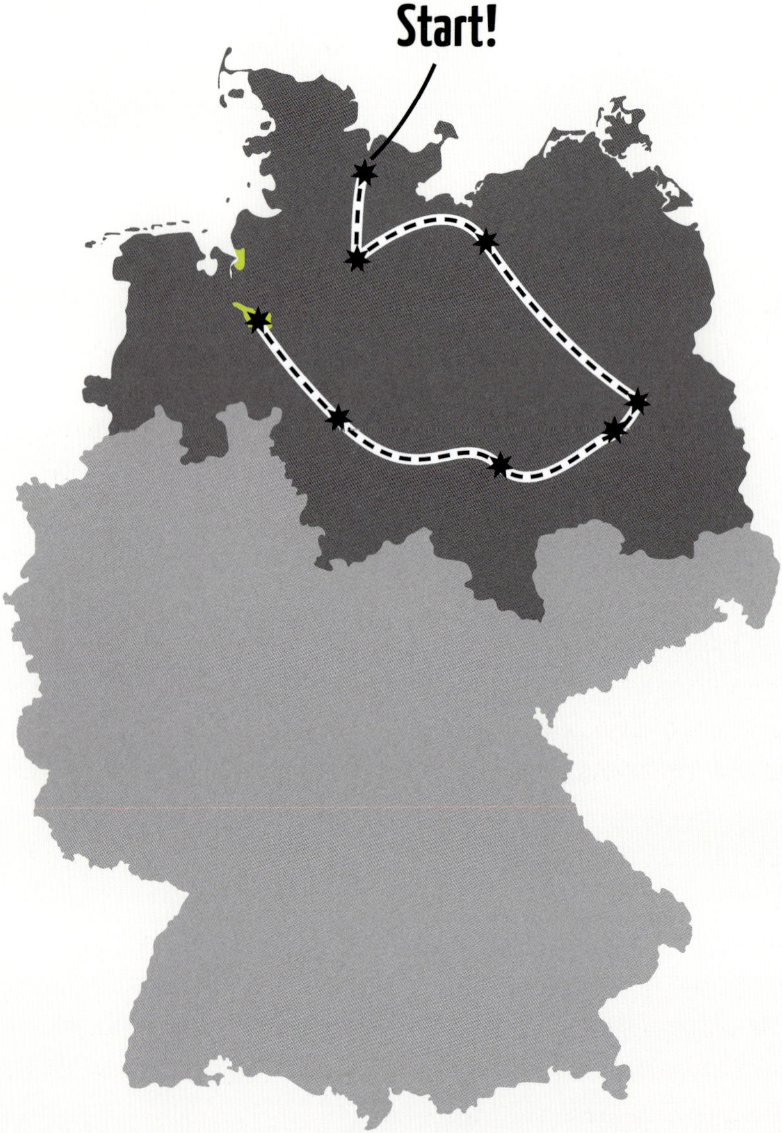

Strafe mit Echo

In der Grundschule hatte ich eine Hauptrolle bei dem Theaterstück »Die Bremer Stadtmusikanten«. Ich trug das bunteste Kostüm von allen – schließlich war ich der Hahn. (Marie)

Auf der Fahrt nach Bremen herrschte eine seltsame Stimmung. Es gab noch so viele offene Fragen zu klären. Die Jungen von Team Gelb hatten noch immer die Nase vorn, dafür hatte Team Grün die Spur verwischt und noch dazu in Hannover eine Aufgabe erledigt. In Bremen mussten sie dringend einen weiteren Punkt holen. Doch ausgerechnet jetzt zog Kim eine Strafkarte. Franzi jaulte auf. »Das ist unfair!«

Bei Strafkarten gab es keinen Punktabzug, man konnte jedoch auch keine Punkte sammeln. Und es galt, eine eher unangenehme Aufgabe zu erledigen. In diesem Fall musste jemand aus dem Team auf dem Zielbahnhof ein Lied singen. Singen! Vor fremden Menschen! Kim wurde allein bei dem Gedanken daran heiß. Aber Marie nahm die Sache sportlich. »Ich habe schon so oft auf der Bühne gesungen, da werde ich das auch auf einem Bahnhof schaffen. Fängt ja beides mit B an.«

»Immerhin hast du deinen Humor nicht verloren«, sagte Franzi und kicherte.

»Du weißt aber, dass wir dich dabei filmen, Marie«, gab Jonas zu bedenken.

Marie nickte. Das ließ sich nicht vermeiden. Im Internet würde man also schon bald erfahren, dass die Mädchen nicht etwa nach Erfurt, sondern nach Bremen gefahren waren.

»Du könntest das Video doch einfach mit etwas Verspätung hochladen?«, schlug Kim vor. »Und zwar dann, wenn wir auf dem Weg nach Düsseldorf umsteigen. Sicher ist sicher.«
»Das würde gehen. Aber ewig können wir nicht davonlaufen«, sagte Anna matt. »Dann sollten wir das Spiel lieber abbrechen.«
»Wir haben auf der Fahrt nach Düsseldorf Zeit zum Reden«, sagte Kim. »Marie wird in Bremen singen und dann kümmern wir uns erst einmal um das Thema Juwelenraub und Beute.« Danach schauten die Mädchen schweigend aus dem Fenster auf herbstliche Wäldchen, Koppeln, Felder, Dörfer und Bauernhöfe.

Bremsen quietschten. Der Zug hielt. Kim streckte sich. Dann trat sie gemeinsam mit ihren Freundinnen auf den Bahnsteig, wo sie als Erstes das gemeinsame Foto vor dem Bahnhofsschild machten. In Bremen war es bewölkt, aber dafür warm. Ein paar Tauben pickten heruntergefallene Pommes auf, Menschen eilten an Team Grün vorbei. Schließlich machten sich die sechs Reisegefährten ebenfalls auf den Weg, um einen geeigneten Ort für die Strafaufgabe zu finden. Eine Treppe führte vom Bahnsteig in einen Tunnel mit Ladengeschäften. Marie blieb vor einem Fahrstuhl stehen, mit dem man die Gleise erreichen konnte. Ein Mann mit Rollstuhl wartete dort gerade. Als er in die Kabine gefahren war, atmete Marie einmal tief durch. Ein Lied von der letzten Schulaufführung hatte sie noch im Kopf. Es war nicht etwa ein Popsong, sondern ein Kanon. Er passte einfach wunderbar in diesen Gang, in dem Menschen unterwegs waren – Reisende, die gerade starteten oder am Ziel angekommen waren, oder einfach umstiegen. »*Viel Glück und viel Segen auf all deinen Wegen*«, stimmte Marie glockenhell an. »*Gesundheit und Frohsinn sei auch mit dabei.*«

Sie bemerkte nicht, dass Jonas sie filmte. Dafür nahm sie wahr, dass ein paar Meter weiter eine Gruppe von Jungen lauthals lachte. Einige Menschen blieben stehen. Manche sahen verwundert aus. Aber niemand war verärgert. Als Marie den zweiten Durchlauf begann, stimmte eine Frau mit Trekking-Rucksack in den Kanon ein. Ein älterer Herr tat es ihr gleich. Nun trauten sich auch Kim und Franzi, den Gesang ihrer Freundin zu unterstützen. Anna und Sabine Koopmann warteten lieber in sicherer Entfernung. Sie standen im Zeitschriftenladen und taten so, als interessierten sie sich für den Ständer mit den Postkarten. Inzwischen schallte ein lautstarkes »*Viel Glück und viel Segen*« durch den Tunnel. Mindestens zehn Menschen sangen nun im Kanon. Weitere kamen hinzu. Einige filmten das Spektakel.

Als Marie und ihre Mitsänger das Lied beendeten, setzte lauter Beifall ein. Dann eilten die Menschen weiter. Marie strahlte. »Das war toll.«

»Eine Neuinterpretation der Bremer Stadtmusikanten.« Jonas nickte eifrig.

»Vielen Dank!« Eine alte Frau mit Gehwagen war stehen geblieben. Sie hatte feuchte Augen, lächelte aber.

»Sie haben mir heute wirklich *Frohsinn* geschenkt, Fräulein!« Die Frau nickte Marie noch einmal dankbar zu, dann zuckelte sie langsam weiter.

»Ich würde sagen, das war ein eins a Flashmob.« Jonas steckte sein Handy ein.

»Das ist aber nicht nur gut«, warnte Kim. »Es war ziemlich viel Aufmerksamkeit für eine Aktion.«

»Mach dir keine Sorgen.« Jonas winkte ab. »Wir befinden uns praktisch schon auf dem Weg in den Süden. Abgesehen davon glaubt ihr doch nicht, dass dieser Juwelen-Opa und seine Räuber-Oma uns wirklich folgen können? Die haben doch keine Superkräfte.«

»Du solltest die Sache ernst nehmen«, meinte Kim.

»Das mache ich ja auch.« Jonas lächelte. »Aber ich sehe die Sache realistisch. Deutschland ist groß und wir sind immer in Bewegung. Wie wahrscheinlich ist es, dass die uns über den Weg laufen?«

Kim hörte ihm nur mit halbem Ohr zu. »Leute, wir müssen uns beeilen. Sonst verpassen wir den Anschluss.« Sie nahm Sichtkontakt zu Anna auf und tippte auf ihre Uhr. Anna verstand sofort. Kurz darauf eilten sie hintereinander die Treppen zum Bahnsteig hinauf. Kim hoffte, dass der Zug Verspätung haben würde. Sie sah sich nach Marie um. Die mühte sich mit ihrem Gepäck ab, kam dieses Mal jedoch etwas besser voran. Langsam hatte sie Routine im Taschenschleppen. Franzi hatte längst alle überholt und war bereits ein paar Stufen über ihnen, als sie ausrutschte. Sie fiel mit dem Oberkörper nach vorne, während ihr rechtes Knie auf einer Stufenkante aufschlug. Franzi konnte gerade noch verhindern, dass es ihrem Kinn ähnlich ging.

»Alles in Ordnung?«, fragte eine Frau mit blonder Dauerwelle. »Das sah schlimm aus.«

»Es geht schon, danke«, presste Franzi hervor. Sie rappelte sich auf. »Es geht mir gut.«
Kim sah, dass Franzis Hose am Knie gerissen war. Ihre Hände hatten Kratzer abbekommen. Franzi rückte tapfer ihren Rucksack zurecht. »Kommt! Wir müssen den Zug erwischen.«
Doch der Zug fuhr genau in diesem Augenblick ab.
»Wir sollten deine Hände verarzten«, sagte Anna mit einem sorgenvollen Blick auf Franzi. »Jetzt haben wir wenigstens Zeit, eine Apotheke zu suchen.«
Im Bahnhof wurden sie jedoch nicht fündig. Sie entdeckten dafür eine Bahnhofsmission. Dort konnten Reisende Hilfe suchen – bei Verletzungen, Diebstahl oder in Notsituationen. Das Angebot reichte vom kleinen Unfall bis hin zu Hilfe bei Obdachlosigkeit und Lebenskrisen. Franzi zögerte kurz, doch dann entschied sie, dass in ihrem Fall auch eine Drogerie reichen würde. Gemeinsam mit ihren Freundinnen kaufte sie Pflaster und Wundspray. Jonas machte sich unterdessen auf die Suche nach etwas Essbarem und Anna redete erneut mit ihrer Großmutter. Als Franzi mit ihren Einkäufen zurückkam, bot ihr Sabine Koopmann Hilfe an. »Ich kann die Wunden versorgen.«
»Kennen Sie sich damit aus?«, fragte Franzi kühl.
»Höre ich da Zweifel in deiner Stimme?« Das graue Phantom lachte heiser. »Raubüberfälle sind nicht mein einziges Spezialgebiet.« Sie reinigte Franzis Hände, sprühte das Wundmittel auf und klebte die Pflaster fest. Danach sah sie sich unbehaglich um. »Ich fühle mich hier nicht wohl. Solange wir an einem Bahnhof festsitzen, sind wir eine leichte Beute für Norbert und Roswitha.«
»Falls sie hier auftauchen, sagen wir ihnen die Wahrheit«, schlug Anna vor. »Wir wissen nicht, wo die Beute ist.«

»Das werden sie nicht glauben«, rief Sabine Koopmann mit Nachdruck. Sie warf die Plastikfolien von den Pflastern in einen Mülleimer. »Mein Bruder Jens hat damals die Beute versteckt. Natürlich gehen sie davon aus, dass wir alles gemeinsam geplant hatten.«

»Was ist denn eigentlich bei dem Raubüberfall genau passiert?«, wollte Kim wissen. Wenn sie schon hier in Bremen warten mussten und das Spiel nicht voranging, konnten sie auch weiter an ihrem Fall arbeiten. Sabine Koopmann seufzte. »Das ist eine lange Geschichte.«

Während Sabine Koopmann erzählte, machte sich Kim eifrig Notizen. Zwischendurch blickte sie immer wieder auf die Anzeigetafel mit den Abfahrtszeiten der Züge.

»Habt ihr noch Fragen?«, sagte Sabine Koopmann schließlich.

»Oh ja«, antwortete Anna.

»Ich auch«, fügte Kim hinzu. »Allerdings müssen wir das Gespräch unterbrechen. Der Zug nach Düsseldorf fährt gleich ab.«

»Jonas ist noch nicht wieder zurückgekommen.« Marie sah sich um. »Nicht, dass wir wegen ihm und seinem ständigen Bärenhunger den Anschluss verpassen.«

»Vielleicht musste er lange auf sein Essen warten?« Anna hielt nun ebenfalls Ausschau nach ihrem Kollegen. »Er wollte zu einem Asia-Imbiss gehen. Wer weiß, wie lange er dort anstehen musste.«

»Da ist er!«, rief Franzi so laut, dass Sabine Koopmann erschrocken zusammenzuckte.

Marie riss die Augen auf. »Was ist dem denn passiert?«

Jetzt konnte auch Kim den Praktikanten entdecken. Er kam geradewegs auf die Gruppe zu. In der einen Hand hielt er sein Handy, mit der anderen presste er ein Taschentuch gegen die Nase – ein Tuch mit Blutflecken.

Die Bremer Stadtmusikanten

Bremen

Hauptstadt: Freie und Hansestadt Bremen
Größe: 419 km^2
Wissenswert: Das Bundesland Bremen besteht aus zwei Städten: Bremen und Bremerhaven.

Geheimtipp:

- Gänsehaut garantiert: Im Bleikeller unter dem Bremer Dom können mutige Touristen echte Mumien bestaunen.
- Für alle Fälle: Einmal die Beine des Esels der Stadtmusikanten-Statue umarmen. Das bringt Glück!

WOW!

- Da Bremerhaven zu Bremen gehört, liegt ein Teil von Bremen an der Nordsee.
- Bremen ist das kleinste Bundesland Deutschlands.

Nordrhein-Westfalen

SCHON BEREIST

NOCH NICHT BEREIST

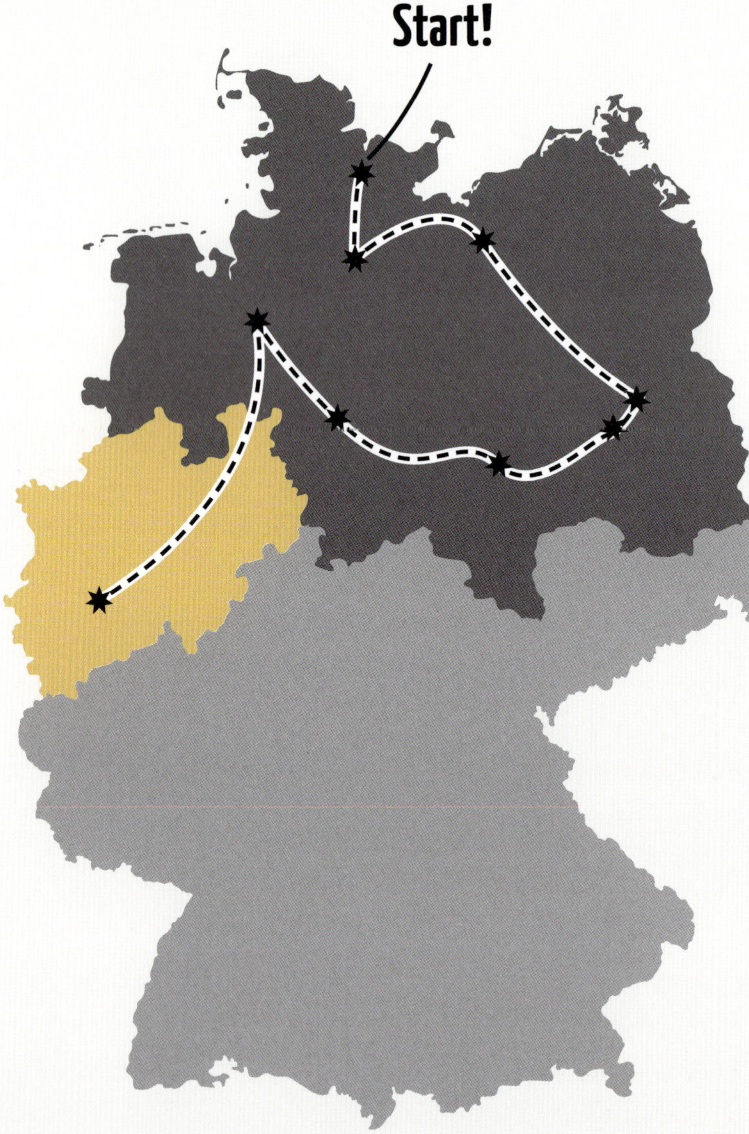

Umweltschutz und Nasenbluten

Düsseldorf ist alles andere als ein Dorf, doch die Welt ist manchmal trotzdem erstaunlich klein. Zum Beispiel hier im IC. (Kim)

»Ich hatte einen kleinen Unfall«, gestand Jonas, als er die Gruppe erreicht hatte.
»Na, so klein scheint der nicht gewesen zu sein.« Sabine Koopmann musterte den Praktikanten kritisch. Er war kalkweiß im Gesicht, seine Nase blutete und seine Jacke war mit roten Punkten übersät. Dennoch brachte er ein linkisches Grinsen zustande. »Mir ging es genau wie Franzi. Ich wollte schnell sein und habe mich langgelegt.«
»Schaffst du es bis zum Zug?«, wollte Anna wissen.
»Ja, kein Problem«, meinte Jonas. »Es blutet ja kaum noch.«
»Sie sollten aber besser nicht rennen«, sagte Sabine Koopmann streng. »Sonst wird es wieder schlimmer.«
»Keine Sorge. Mir geht es gut«, versicherte Jonas. »Also ab nach Düsseldorf. Alles Weitere können wir auf der Fahrt bequatschen. Und dann zeige ich euch auch eine Videobotschaft von Team Gelb.«
»Die haben eine Nachricht für uns?«, fragte Franzi überrascht. »Der Tag wird ja immer schlimmer!«

Im IC überkam Kim plötzlich ein Gefühl von Überforderung. Sie hatte Hunger auf ein warmes Essen und hätte nur zu gern etwas Zeit für sich gehabt. Zeit an einem Ort ohne Ruckeln und Rauschen und das Gemurmel dutzender Stimmen. Aber heute war nun einmal der Marathon-Tag: Sechs Landeshauptstädte standen auf dem Plan. Das war ein strammes Programm. Außerdem hatten sie einen Zug verpasst, einen weiteren nur noch knapp erreicht und befanden sich zu allem Überfluss auch noch mitten in einem Kriminalfall. Als wäre das nicht genug für einen einzigen Tag, war da auch noch das Spiel mit den Aufgaben. Und als unangenehme Zugabe gab es nun noch dieses Video des gegnerischen Teams. Das war der Gipfel gewesen! Jonas hatte ihnen die Botschaft gezeigt, nachdem sie sich mühsam Plätze im Zug erkämpft hatten. Team Gelb grinste in die Kamera und sang johlend: *»Mädchen machen alles schlechter, haben keine Stärken, spielen furchtbar Ball.«*

Franzi fand das als Einzige lustig. Sie lachte noch immer darüber. »Wieso Ball? Was hat denn das Detektiv-Spiel mit Bällen zu tun? Außerdem spiele ich garantiert besser Fußball als die vier zusammen.«

»Das glaube ich auch«, bestätigte Marie. »Aber denen wird ihr gehässiges Lachen schon noch vergehen.«

Kim fuhr sich durch die Haare und schnaufte leise. »Ich sage es ja nur ungern, aber ich brauche eine Pause.«

»Ein paar Minuten Ruhe und deine Lieblingsschokolade?«, fragte Franzi mitfühlend.

»Nein, eher eine heiße Suppe.« Kim stand auf. »Ich bin im Bordbistro, okay?«

»Wollen wir nicht wenigstens vorher die Karte ziehen?«, fragte Marie.

Kim schüttelte den Kopf. »Wir müssen bei diesem Zug nicht in Dortmund umsteigen. Daher haben wir deutlich mehr Zeit für das Spiel und für ein Gespräch mit Frau Koopmann.« Sie warf einen Blick auf die ehemalige Juwelendiebin. Gemeinsam mit ihrer Enkelin versorgte sie Jonas. Sie hielt ihm einen feuchten Lappen in den Nacken, damit die Blutung stoppte. Doch Jonas war schon wieder eifrig am Handy zugange. Gerade tippte er eine Antwort für seine Kollegen vom Team Gelb. »Was reimt sich auf *Verlierer*?«

»Mir fällt gerade nichts ein«, murmelte Kim.

»Ruh dich etwas aus«, sagte Franzi gutmütig. Dann drehte sie sich zu Jonas: »Ihr dummen Vierer!«

Kim war sich sicher, dass sie in der Nacht vom Bahnreisen träumen würde. Von endlosen Gleisen. Von Türen, die auf- und zugingen. Von Durchsagen, Reisenden und Bahnhöfen. Sie seufzte schwer. Ihre Laune besserte sich allerdings, nachdem sie eine Tomatensuppe gegessen hatte. Mit der herzhaften Nahrung kamen die Lebensgeister zurück. Sie klappte ihr Tagebuch auf. Es war an der Zeit, ihre Gedanken zu sortieren.

Detektivtagebuch von Kim Jülich
Mittwoch, 14:30 Uhr

Unser Kriminalfall nimmt Fahrt auf. Wir haben das graue Phantom angesprochen. Die ehemalige Juwelendiebin heißt Sabine Koopmann und ist die Großmutter unserer Betreuerin Anna. Eigentlich wollte sie in Kiel nur mit Anna reden, aber dann hat sie bemerkt, dass sie selbst verfolgt wurde. Ihre Geschichte klingt seltsam, aber ich glaube ihr – im Gegensatz zu Franzi. Die traut dem Phantom nicht über den Weg. Auf dem Bahnhof in Bremen hat die ehemalige Juwelendiebin uns viel über sich erzählt. Sie möchte wirklich gerne wieder Kontakt zu ihrer Familie haben. Das ist jedoch nicht leicht. Außerdem sind da noch ihre ehemaligen Komplizen Norbert und Roswitha. Die glauben, dass Sabine Koopmann das Versteck der Beute kennt und die Juwelen jetzt abholen will. Wir haben natürlich nachgefragt, was damals genau passiert ist. Sabine Koopmann hat uns daraufhin auch die Vorgeschichte erzählt. Und das ist eine traurige Geschichte von Verzweiflung, Verrat und einer zerrütteten Familie.

Alles begann in der 50er Jahren in der Nähe von Frankfurt. Der Zweite Weltkrieg lag damals schon über zehn Jahre zurück und Deutschland befand sich im Aufschwung. Leider galt das so gar nicht für Sabines Familie: Ihre Kindheit war nicht einfach. Zum Glück hatte sie aber ihren Zwillingsbruder Jens. Die Zwillinge waren unzertrennlich. Bis Jens durch ein paar Kumpel auf die schiefe Bahn geriet. Da war er erst fünfzehn. Er verließ die Schule und tauchte mit seiner Bande ab. Sabine fühlte sich plötzlich wie ein halber Mensch – einsam und unvollständig. Sie machte trotzdem ihren Hauptschulabschluss und begann eine Ausbildung. An diesem Punkt hätte vielleicht alles gut werden können, aber dann kehrte Jens zurück und das Drama nahm seinen Lauf. Jens stellte seiner Schwester einen Typen namens Norbert vor. Und das ist in der Geschichte der ultimative Bösewicht. Norbert war ein paar Jahre älter als die Zwillinge, total selbstbewusst, gut aussehend und im Besitz eines eigenen Autos. (Echt jetzt, das fand Sabine toll? Ein Auto!) Sabine war laut eigener Aussage »naiv und leicht zu beeindrucken« und verliebte sich Hals über Kopf in ihn. Dass

Norbert sein Geld nicht auf legale Weise verdiente, war ihr damals egal. Und das finde ich wirklich schlimm. Sie bewunderte ihn so sehr, dass sie ihm sogar bei Betrugsaktionen und Raubzügen half. Und sie war sogar noch in ihn verknallt, als er etwas mit Roswitha anfing. Liebe ist so schön, aber sie kann einem echt den Verstand vernebeln. Erst, als Norbert ihren Bruder Jens erpresste, schaffte Sabine es, sich von Norbert zu lösen. Sie fing eine neue Ausbildung an und lernte einen netten Automechaniker kennen. Sie bekamen eine gemeinsame Tochter: Susanne – die Mutter von unserer Betreuerin Anna. Das hätte nun die zweite Chance auf ein Happy End sein können (im Film wäre es das gewesen) – aber Pustekuchen: Norbert zog in die Nähe und Sabines Herz drehte voll durch. Das wiederum war Gift für die Beziehung zu dem netten Automechaniker. Die Folge: Er trennte sich von Sabine. Freie Bahn für Norbert, der Sabine mal wieder für seine Zwecke einspannte. Tochter Susanne sah das ein paar Jahre lang mit an und bekam eine riesen Wut auf ihre Mutter. Ausgerechnet am Tag der deutschen Wiedervereinigung zog Susanne zu ihrem Vater. Damals war sie gerade sechzehn Jahre alt. Sabine blieb allein zurück. Bis heute erinnert sie sich daran, wie sie weinend vor dem Fernseher saß und die Nachrichten sah. Alle Menschen feierten, doch ihre Welt war gerade zusammengebrochen. Das war ein wichtiger Wendepunkt in Sabines Leben. Sie machte endgültig Schluss mit Norbert und schlug sich auf legalem Weg durch. Es war hart, aber es ging. Über ein Jahrzehnt hörte sie nichts mehr von Nobert, bis ihr Bruder Jens in ernsten Schwierigkeiten war. Er stand tief in Norberts Schuld, war schwer krank und in höchster Not. Und das nutzte Norbert schamlos aus. Er wollte sein altes Team für einen letzten großen Raubzug reaktivieren und schreckte auch vor Erpressung nicht zurück. Weder Jens noch Sabine konnten aussteigen. Und so kam es zu dem folgenreichen Überfall, bei dem Sabine geschnappt wurde.

Es war kurz vor Weihnachten und das Angebot bei dem Juwelier war großartig: Diamantringe, rubinbesetzte Colliers, Perlenketten, Smaragd-Ohrstecker und wertvolle Uhren – eine hervorragende Beute. Zunächst sah es so aus, als würde alles glattgehen. Doch dann tauchte plötzlich die Polizei am Tatort auf. Die vier Verbrecher entkamen über den Hinterausgang. Es war eine spektakuläre Flucht, denn die Polizei war ihnen dicht auf den Fersen

und Jens verlor seine Maske. Die Polizisten sahen sein Gesicht. Schließlich musste sich das Team trennen. Nobert hatte für diesen Fall bereits vorgesorgt und einen geheimen Treffpunkt am nächsten Tag um 15:00 Uhr vereinbart. Doch Sabine wurde bei der Flucht geschnappt. Jens entkam knapp mit einem Großteil der Beute.
Sabine Koopmann hat uns erzählt, dass er am nächsten Abend auf dem Bahnhof Kassel-Wilhelmshöhe gefasst wurde – allerdings ohne die Beute. Jens kam ins Gefängnis, aber dort blieb er nicht lange. Er war wirklich sehr krank. Kurz nach seiner Verurteilung wurde er in ein Krankenhaus verlegt. Als er wenig später im Sterben lag, durfte Sabine ihn noch ein letztes Mal sehen – natürlich unter strengen Sicherheitsvorkehrungen. Jens war schwach und konnte kaum sprechen, aber zum Abschied sagte er etwas, was ich sehr interessant finde: »Mach dir keine Sorgen, mein Schwesterherz. Bald werde ich mit unserer Lieblingstante im Himmel sitzen und mit ihr ein Bierchen trinken.«
Sabine Koopmann weiß bis heute nicht, was er damit gemeint hat. Eine Lieblingstante gab es nämlich nicht. Nur eine Tante, bei der die Zwillinge als Kinder die Ferien verbringen mussten. Und die war alles andere als nett gewesen und Bier hat die wirklich nie getrunken – nur Kaffee.

»Wow! Schreibst du einen Roman?«
Kim sah auf. Vor ihr stand ein Junge mit schwarzen Haaren. Er hatte strahlend blaue Augen und ein sympathisches Lächeln.
»Äh, nein«, sagte sie überrascht. »Nur Tagebuch.«
»Darf ich mich zu dir setzen? Alle anderen Plätze sind belegt.«
»Klar.« Kim rückte ein Stück zur Seite.
Er stellte sein Colaglas auf dem Tisch ab. »Bist du auch allein unterwegs?«
»Nein, ich nehme mit meinen Freundinnen an einem Spiel teil«, berichtete Kim. »Eine Reise kreuz und quer durch Deutschland.«
»*Die Reisedetektive*?« Der Junge musterte sie aufmerksam.

»Äh, ja.« Kim wurde rot. »Woher weißt du das?«
»Zwei Jungs aus Team Gelb sind in meinem Handballverein. Die posten alle paar Minuten Bilder und Videos im Netz.«
»Die Welt ist klein«, murmelte Kim erstaunt.
»Klein? Winzig!« Der Junge nahm einen Schluck Cola. »Ich fahre ständig mit der Bahn. Meine Eltern leben in verschiedenen Städten und in den Ferien bin ich oft bei meinen Großeltern in der Nähe von Düsseldorf. Stell dir vor: Fast jedes Mal treffe ich jemanden, den ich kenne. Manchmal kenne ich die Leute persönlich, aber manchmal sind es auch echte Promis.«
»In der Bahn?«, fragte Kim ungläubig.
»Warum nicht?«, gab der Junge zurück. »Ich habe zum Beispiel mal den Schauspieler aus der *Vorstadtwache* im ICE gesehen. Den Typen, der den Kommissar spielt.«
Jetzt musste Kim lachen. »Das ist der Vater von meiner Freundin Marie.«
»Wie gesagt: Die Welt ist ein Dorf. Wer weiß, wer jetzt gerade in diesem Zug sitzt.« Der Junge nahm einen weiteren Schluck Cola. Kim hörte auf zu lachen. Deutschland war groß und es gab so viele Züge, aber es war durchaus möglich, dass Norbert und Roswitha ihnen auf der Spur waren. Plötzlich rasten die Gedanken nur so durch ihren Kopf. Hatten die drei !!! sich beim Einsteigen auch gründlich umgesehen? Hatte Marie in Bremen ihren Spiegeltrick angewendet? Und wie sahen diese Roswitha und dieser Nobert überhaupt aus? Wieso hatte sie Sabine Koopmann nicht gleich nach einem Täterprofil befragt? Theoretisch konnten die Verbrecher sich hier in diesem Bistro befinden, ohne dass Kim es wusste. Vielleicht handelte es sich um das ältere Paar, das gerade einen freien Platz

suchte. Kim bekam eine Gänsehaut – was allerdings auch an der Einstellung der Klimaanlage lag.
»Ich muss los.« Sie stand ungeschickt auf. »Das Spiel geht weiter.«
»Vielleicht sehen wir uns noch«, sagte der Junge. »Ich heiße übrigens Sammy.«
»Ich bin Kim.« Sie lächelte noch einmal knapp und drängte sich dann an einer Schar Kinder vorbei zum Gang.

»Also ich war nie gut im Zeichnen«, gab Sabine Koopmann wenig später Auskunft. »Aber ich kann euch die beiden beschreiben.«
»Das wäre gut«, sagte Kim. Sie zückte ihren Notizblock. Der Zug hielt gerade in Münster und die Türen gingen auf. Neue Fahrgäste drängten in den Wagen. Die drei !!! waren froh, dass sie bereits saßen. Sabine Koopmann zog ihre Kapuze tiefer in die Stirn, rückte ihre Brille zurecht und wandte sich vom Gang ab. »Norbert Krattenkamp ist 70 Jahre alt und etwa 1,85 groß. Er hat dünne graubraune Haare und trägt eine viereckige Brille mit schwarzem Rahmen. Er ist mittlerweile eher kräftig gebaut und hatte zu Beginn der Reise eine dunkelgrüne Herbstjacke an. Roswitha Seifert ist erst 60. Sie färbt sich die Haare. Momentan sind sie schwarz und gelockt. Sie trägt ebenfalls eine Brille, allerdings mit einem roten Gestell. Sie hat eine ziemlich durchschnittliche Figur und trägt gerne schwarze Jacken – anscheinend auch jetzt noch. Ihre Handtasche war mit Strass-Steinchen besetzt. Beide schrecken vor Gewalt nicht zurück, sind aber bislang nie erwischt worden. Ich fürchte, es gibt noch nicht einmal eine Polizeiakte, in der sie vorkommen.«
»Dann bringt eine Nachfrage bei Kommissar Peters nichts«, sagte Marie.

Kim blieb zuversichtlich. »Wir können auch ohne ihn etwas herausfinden.«

»Vielleicht werden wir ja trotzdem im Internet schlau«, meinte Franzi. »Menschen hinterlassen Spuren. Zum Beispiel, wenn sie in Vereinen aktiv sind oder soziale Medien nutzen.«

»Nur zu. Es gibt hier im IC kostenloses WLAN und wir haben noch ordentlich Strecke vor uns«, berichtete Jonas. »Aber vergesst bitte nicht das Spiel. Wenn wir zurückfallen, feiert Team Gelb eine Party im Zug!«

»Jonas«, sagte Anna genervt.

»Ist doch wahr.« Jonas fasste sich vorsichtig an die geschwollene Nase. »Es geht nur noch um diese Verbrechergeschichte. Dabei sind wir mitten in einer total großen Sache. Wunderbach hat viel in dieses Spiel investiert und für mich ist das auch jobtechnisch echt wichtig. Ich will einen Studentenjob in der Spieleredaktion und später ein Volontariat.«

»Keine Sorge! Wir ziehen einfach jetzt schon die Karte«, schlug Marie vor. »Bist du dann zufrieden?«

Der Praktikant verzog das Gesicht. »Klar. Aber ihr müsst dieses Mal einen Punkt machen.«

Anna hielt den Mädchen den Kasten mit den Karten hin. »Viel Glück.«

»Ein Joker«, rief Franzi erfreut, nachdem sie in den Kasten gegriffen hatte. »Wie waren da noch mal die Regeln?«

»Ihr könnt ihn jetzt einsetzen oder später«, erklärte Anna. »Wenn ihr es tut, müsst ihr keine Aufgabe erledigen und kein Rätsel lösen. Außerdem bekommt ihr zwei Punkte.«

»Wir lösen ihn gleich ein, oder?«, fragte Franzi.

Kim und Marie sahen sich an.
»Vielleicht brauchen wir ihn später noch dringender«, sagte Marie zögerlich.
»Oh Mann!« Jonas stöhnte. »Könnt ihr euch mal entscheiden?«
»Kannst du vielleicht mal einen Gang zurückschalten?«, zischte Anna. Dann drehte sie sich wieder zu dem Mädchen. »Ihr könnt den Joker problemlos auf einer anderen Strecke einsetzen. Zum Beispiel, wenn ihr euch irgendwo verspätet habt.«
»Dann machen wir das«, entschied Kim. »Okay?«
»Meinetwegen«, sagte Franzi.
»Geht klar«, kam es von Marie.
Franzi zog erneut eine Karte.
»Und?«, fragte Jonas.
»Eine Rätselkarte«, berichtete Anna.
»Lies vor!«, forderte Jonas.
Franzi hob die Augenbrauen. »Oje, das klingt kompliziert: *Im Jahr 1810 hat es begonnen, es klingt nach dem Zehnten, doch startet davor. Im Zeichen der Rauten wird Maß genommen. Das Größte der Welt ist's nach wie vor.*«
»Ich stehe total auf dem Schlauch«, gab Marie zu. »Dürfen wir wenigstens das Internet benutzen?«
Anna nickte. »Und ihr dürft Mitreisende befragen.«

Die drei !!! teilten sich dieses Mal auf, um die Aufgabe zu lösen. Kim machte sich auf die Suche nach Sammy. Sie hegte zwar keine große Hoffnung, dass er die Lösung wusste, aber sie wollte den sympathischen Jungen gerne noch einmal sehen, bevor sie in Düsseldorf aussteigen mussten.

Sammy saß noch immer im Bistro und freute sich offensichtlich sehr, Kim zu sehen. »War die Pause doch noch nicht lang genug?«
»Doch«, antwortete Kim. »Aber jetzt muss ich eine Aufgabe erledigen.«
»Cool. Worum geht es denn gerade? Darf ich das fragen?« Sammy strahlte sie an.
»Du darfst.« Kim strahlte zurück. »Wir sollen ein Rätsel lösen. Es geht um eine Sache, die 1810 begonnen hat. Es ist irgendwie das Größte der Welt, befindet sich im Zeichen der Rauten und …« Sie versuchte, sich an den genauen Wortlaut zu erinnern. »… und es klingt nach dem Zehnten, startet aber davor.«
Sammy dachte nach. »Müsst ihr das ganz alleine herausfinden?«
»Nein, wir dürfen auch Leute um Hilfe bitten.«
»Na, dann hast du aber Glück.« Sammy grinste breit. »Meine Familie stammt ursprünglich aus Bayern. Meine Tante und mein Onkel leben noch immer dort.«
»Und wie hilft mir das weiter?«, wollte Kim wissen.
»Na, die blau-weißen Rauten gehören natürlich zum bayerischen Wappen.«
»Ja, klar!«, erinnerte sich Kim. »Aber was ist denn nun seit 1810 in Bayern los?«
»Da findet jedes Jahr das größte Volksfest der Welt statt: das Münchner Oktoberfest. Das heißt zwar nach dem zehnten Monat, beginnt aber in der Regel im September, also in Monat Nummer neun.«
»Und das erste Oktoberfest war im Jahr 1810?«
»Hmm, so genau weiß ich es nicht, aber es kommt ungefähr hin.«
»Das Oktoberfest!« Kim starrte den Jungen ungläubig an. »Und das ist dir eben ganz spontan eingefallen?«

»Aber sicher! Die *Wiesn* kennt jeder Bayer von klein auf.«
Kim lachte. »Ich glaube, du hast gerade wirklich das Rätsel gelöst. Danke.«
»Und bitte nicht die *Wiesn* mit dem *Wasen* verwechseln.« Sammy hob scherzhaft seinen Zeigefinger. »Das ist ein Volksfest in Stuttgart. Aber die sind nur die Nummer zwei.«
»Wer weiß, ob die Stuttgarter das auch so sehen«, meinte Kim.
»Eben warst du mir noch sympathisch.« Sammy stupste Kim freundschaftlich an.
Kim stupste zurück. »Es ist doch egal, welches Fest das größte ist. Hauptsache, man hat Spaß, und ich mag sowieso am liebsten die Herbstkirmes in meiner Heimatstadt.«
»Wo kommst du her?«, wollte Sammy wissen.
»Ich lebe in einer kleinen Stadt in –« Weiter kam Kim nicht, da Marie auftauchte und ihrer Freundin zuwinkte.
»Es ist nicht so einfach«, begann sie, als sie in Hörweite war. »Aber ich gebe nicht auf.«
»Kannst du aber ruhig. Ich habe nämlich bereits die Antwort«, verkündete Kim. Dann brachte sie ihre Freundin auf den neuesten Stand. Als sie fertig war, sah Marie Sammy skeptisch an. »Du kennst also die Jungen von Team Gelb?«
»Äh ja.«
»Dann können wir dir nicht trauen.« Marie verschränkte die Arme.
»Ich bin nicht mit ihnen befreundet«, versicherte Sammy. »Und du kannst meinen Vorschlag doch einfach im Internet überprüfen.«
»Das tue ich auch.« Marie zückte sofort ihr Handy. »Mal sehen, was die Suchmaschine zum Oktoberfest sagt.«

Während Marie las, wandte sich Sammy an Kim. »Ganz zufrieden siehst du aber nicht aus. Welche Laus läuft dir über die Leber? Und welcher Käfer über die Milz?«
»Keine Läuse, keine Käfer«, sagte Kim. »Ich glaube, ich bin einfach nicht die geborene Bahnfahrerin. Das Umsteigen, die Bahnhöfe, die Platzsuche … das alles ist ganz schön stressig.«
»Nur, weil ihr gerade den totalen Marathon macht«, gab Sammy zurück. »Das ist eine Sondersituation. Mit dem Auto wäre das auch nicht besser – im Gegenteil: Denk doch nur mal an all die Staus und Umleitungen. Und daran, dass Autofahren viel schlechter für die Umwelt ist. Wusstest du, dass die Elektrizität in der Bahn teilweise schon aus Ökostrom besteht? Und in Sachen CO_2 sind ICs und ICEs definitiv besser als Autos – und natürlich deutlich besser als Flugzeuge.«
»He!« Kim prustete los. »Machst du hier gerade Werbung fürs Zugfahren?«
»Vielleicht ein bisschen.« Nun wurde Sammy rot. »Mein Opa war früher Zugbegleiter und erzählt immer gern von seinen Reisen.«
»Daher weht der Wind.«
Sammy hob verteidigend die Hände. »Nicht nur. Ich leite die Umwelt-AG meiner Schule. Da ist der Klimawandel nach wie vor ein großes Thema. Wir überlegen, was jeder tun kann, um den CO_2-Ausstoß zu verringern.«
»Bahn fahren?«
»Vielleicht.« Sammy lächelte. »Verkehr steht ganz oben auf unseren Listen: öfter mal das Fahrrad nehmen, Elektroautos fördern, Kreuzfahrten boykottieren …«

»Mir liegt die Umwelt auch sehr am Herzen«, gab Kim zu. »Aber die alten Dieselloks auf manchen Strecken sind nicht umweltfreundlich, oder?«
»Nein, das sind sie nicht«, gab Sammy zu. »Aber man muss irgendwo anfangen. Manchmal, indem man das kleinere Übel wählt.«
»Hm«, machte Kim.
»Mir macht Bahnfahren jedenfalls Spaß. Ich streame Filme und Hörbücher im ICE-Portal, komme herum und …«, er machte eine Pause und sah Kim direkt in die Augen, »… ich lerne interessante und total sympathische Menschen kennen.«
»Oktoberfest ist richtig«, unterbrach Marie das Gespräch. »Das heißt, wir sind einen Schritt weiter.«
»Dank dir!« Nun strahlte Kim Sammy offen an.
Sammy strahlte zurück. »Gern geschehen.«

»Meine Heimat«, rief Jonas, als der Zug den Hauptbahnhof von Düsseldorf ansteuerte. »Schade, dass wir hier keine Aktionskarte erledigen müssen.«
»Wir haben auch so schon genug zu tun«, fand Marie.
»Etwas mehr Respekt, bitte!«, sagte Jonas scherzhaft. Er hatte seine gute Laune offenbar zurück. »Wir reden hier über meine schöne Landeshauptstadt. Perfekte Lage am Rhein, berühmtes Altbier, eine gut erhaltene Altstadt und eine noch besser gepflegte Feindschaft mit Köln.«
Marie unterdrückte ein Lachen. »Stimmt, ihr feiert auch gegeneinander Karneval, oder?«
»Das ist eine ernste Angelegenheit.« Jonas nickte. »Bei Karneval hören alle Scherze auf.«

»Ich bin ja schon still.« Marie grinste.
Jonas zwinkerte ihr zu. »Wusstest du, dass es knapp 30 Kilometer von hier einen Ort namens Grevenbroich gibt?«
»Ein wunderschöner Name.« Franzi reckte einen Daumen nach oben. »Gibt es zufällig auch einen Ort namens Winkler?«
»Keine Ahnung, aber es gibt auf jeden Fall ein Jülich.«
»Wir werden das im Internet überprüfen«, sagte Marie. »Darin sind wir gut.«
»Aber nicht jetzt.« Kim stand auf. »Wir sind da.«

Die Mädchen sahen zu Jonas' Leidwesen nicht viel von Düsseldorf. Aber sie versprachen, im nächsten Jahr zur Karnevalszeit einen Abstecher in die Stadt am Rhein zu machen. Um kurz nach fünf startete bereits ihr Zug nach Wiesbaden. Die Zeit reichte gerade aus, um sich von Sammy zu verabschieden. Er musste auf einem anderen Gleis in den Regionalzug zu seinen Großeltern steigen. Kim hätte sich gern noch mit ihm unterhalten. Bevor sie sich trennten, reichte sie Sammy noch schnell die Visitenkarte der drei !!!.

»Falls du mal professionelle Hilfe bei der Aufklärung eines Verbrechens benötigst.«
Sammy zwinkerte ihr zu. »Darauf komme ich zurück!«
Sabine Koopmann hatte unterdessen die Kapuze ihres Pullovers tief in die Stirn gezogen. Man merkte ihr die Unruhe an.
»Keine Sorge«, sagte Marie, die wieder einmal ihren Schminkspiegel aufgeklappt hatte. »Ich behalte den Bereich hinter uns im Blick.«
»Keine verdächtigen Personen in Sicht«, meinte auch Franzi. »Wir können jetzt ganz entspannt zum ICE gehen.«
Doch entspannt war keiner von ihnen.

Der Medienhafen in Düsseldorf

Nordrhein-Westfalen

Hauptstadt: Düsseldorf

Größe: 34.112 km^2

Wissenswert: Nordrhein-Westfalen ist das bevölkerungsreichste Bundesland von Deutschland.

!

Geheimtipp:

- Im Medienhafen in Düsseldorf stehen manche Häuser schräg und glänzen. Mit ihrem spacigen Design bieten sie eine abgedrehte Kulisse für lustige Selfies.

WOW!

- Die Essener Zeche Zollverein war früher die größte Steinkohlezeche der Welt! Heute gibt es Führungen durch das berühmte Industriedenkmal. Übrigens: Der Förderturm gilt als Wahrzeichen des Ruhrgebiets.
- Der größte Karnevalsumzug in Deutschland findet in Köln statt.

Hessen

SCHON BEREIST

NOCH NICHT BEREIST

Brötchennamen

Mein geheimer Traum: Später mal meinen eigenen Krimi auf der Buchmesse in Frankfurt vorzustellen. Jetzt geht es aber erst einmal nach Wiesbaden. (Kim)

Im ICE ging als Erstes die Platzsuche los. Dieses Mal hatten sie kein Glück. Notgedrungen zog Kim im Stehen eine Karte aus Annas Kasten. Die Aufgabe war erfreulich leicht: Die Mädchen sollten am nächsten Zielbahnhof ein Brötchen kaufen und fragen, wie es vor Ort genannt wurde.

»Das schaffen wir«, verkündete Franzi.

Da Team Grün während der Fahrt keine Aufgaben erledigen musste, durften sich die Mädchen zurückziehen. Sie wollten sich einen Ort suchen, an dem sie reden konnten. Daher ließen die drei !!! Sabine Koopmann, ihre Enkelin und Jonas zurück und wanderten durch den Zug. Das Familienabteil wirkte gemütlich, war aber schon voll besetzt und sowieso nicht der richtige Ort für ein Gespräch. Das Bordrestaurant war ebenfalls voll. Der Zug fuhr bereits an der Haltestelle »Köln Messe« vorbei, als sie endlich am Ende eines Wagens einen freien Flur fanden. Sie setzten sich auf den Teppichboden – so, dass andere Fahrgäste noch an ihnen vorbeigehen konnten.

Franzi holte eine Tüte Bonbons aus ihrem Rucksack und hielt sie ihren Freundinnen hin. »Wisst ihr, was wir jetzt brauchen?«

»Mehr Power«, sagten Kim und Marie einstimmig.

Franzi nickte. Es war ein wichtiges Ritual für die Detektivinnen und durfte bei keinem Fall fehlen. Jede von ihnen streckte eine Hand in die Mitte.

»Eins!«
»Zwei!«
»Drei!«
Es folgte ein gemeinsames »Power!!!«. Die Mädchen rissen ihre Hände hoch.
»Es wirkt.« Kim strahlte.
»Natürlich wirkt das«, sagte Marie mit Nachdruck. »Das ist unser persönlicher Auftankzauber mit 100 % Ökoenergie!«
Franzi lehnte sich zurück. »Ich habe kurz vor Düsseldorf noch mal mit Sabine Koopmann gesprochen und sie gefragt, was sie über die letzten Worte ihres Bruders denkt.«
»Über die angebliche Lieblingstante mit dem Bier?«
»Genau die«, bestätigte Franzi. »Frau Koopmann ist sich nämlich nicht sicher, ob ihr Bruder Jens eine Anspielung auf die Beute gemacht hat.«
»Eine geheime Botschaft?«, fragte Kim.
»Das wäre möglich.« Franzi nickte. »Die einzige Tante von Jens Koopmann war zu Lebzeiten nicht gerade sein Lieblingsmensch. Weswegen sollte er dann ausgerechnet mit ihr im Himmel Bier trinken? Andererseits war er zu dem Zeitpunkt schon sehr krank und

hat wohl zwischendurch viel wirres Zeug geredet. Es kann also sein, dass er Dinge durcheinandergebracht hat.«

»Hast du gefragt, wo die Tante gelebt hat?«, fragte Kim.

Franzi zückte einen Notizzettel. »In Augsburg. Das ist in Süddeutschland.«

»Fahren wir da zufällig auch hin?«

»Nein«, sagte Kim.

»Jens Koopmann wurde auch nicht in der Nähe von Augsburg geschnappt, sondern auf dem Bahnhof Kassel-Wilhelmshöhe, und der liegt in Hessen. Und die Tante ist schon drei Jahre vor dem Überfall gestorben. Ihre Wohnung wurde kurz darauf neu vermietet. Dort ist bestimmt nichts versteckt.«

»Dann handelt es sich eben nicht um einen Hinweis auf ihre Wohnung«, sagte Kim. »Aber es könnte auch ein Friedhof gemeint sein. Er könnte die Beute beim Grab seiner Tante vergraben haben.«

Marie nickte langsam. »Das ist möglich. Aber was soll dann der Hinweis mit dem Bier?«

»Das müsste man vor Ort überprüfen. Vielleicht gab es damals eine Bierreklame in der Nähe des Friedhofs. Oder es ist eben doch ein Hinweis auf eine Kneipe.«

»Eine Kneipe gegenüber vom Friedhof.«

»Ich würde sagen, das Rätsel kann man nur vor Ort lösen.« Marie zückte ihr Handy. »Und Augsburg ist vorerst aus dem Rennen. Wenn wir uns jetzt nicht beeilen, gewinnen die Jungen. Ich kann schon verstehen, dass Jonas langsam nervös wird.«

»Checkst du unseren Punktestand im Netz?«, fragte Kim. Marie hielt ihr wortlos das Handy hin. Die Internetseite zum Spiel war aufgerufen. Die Jungen waren noch immer einen Punkt voraus.

Außerdem hatte jemand die Gesangs-Aktion in Bremen gefilmt und den Link zu dem Video gepostet.
»Was können wir denn jetzt tun?« Franzi klopfte mit den Händen auf den Fußboden. »Däumchen drehen und hoffen, dass Roswitha und Norbert uns nicht finden?«
»Immer mit der Ruhe«, sagte Kim. »Dass wir heute in Bremen waren, sagt doch nichts über unsere nächsten Ziele aus. Von Düsseldorf ist nirgends die Rede und Wiesbaden wird auch nicht erwähnt.«
»Mir wäre trotzdem wohler, wenn ich wüsste, wie diese Verbrecher aussehen«, fand Franzi, als ein betagtes Ehepaar mit einem gigantischen Rollkoffer an ihnen vorbeiging. »Die Beschreibung von Sabine Koopmann trifft doch auf viele ältere Menschen zu.«
Marie tippte schon wieder auf ihrem Handy herum. »Norbert und Roswitha werden nicht polizeilich gesucht, aber sie können doch trotzdem Spuren im Netz hinterlassen haben.«
»Ich hoffe, dass unsere Mitreisenden hier nicht zu viele Spuren hinterlassen haben«, sagte Franzi und deutete auf ein WC, das gerade frei geworden war. Sie stand auf. »Ich bin gleich wieder da.«
Als sie zurückkam, beugten sich Kim und Marie noch immer über das Handy.
»Ein Mann namens Norbert Krattenkamp züchtet Bordeauxdoggen«, erklärte Marie. »Und es gibt Bilder von ihm.«
Franzi gesellte sich zu ihren Freundinnen. Auf dem Display in Maries Händen sah man einen kräftig gebauten Mann mit zwei Hunden. Die Tiere und ihr Herrchen ähnelten sich auf kuriose Weise.
»Volltreffer«, fand Kim. »70 Jahre alt, etwa 1,85 groß, dünne graubraune Haare und eine schwarze Brille – das muss der richtige Norbert sein.«

Die Suche nach der Komplizin gestaltete sich deutlich schwieriger. Es gab mehrere Roswitha Seiferts, doch keine davon passte auf die Beschreibung. Allerdings half ihnen schließlich eine Seite über eine Hundeshow weiter. Nobert Krattenkamp präsentierte voller Stolz seinen Rüden Hannibal. Neben ihm stand eine Frau mit einer roten Brille. Sie war etwa 60 Jahre alt und trug eine schwarze Jacke. Allerdings waren ihre Haare blondiert, nicht schwarz.
»Ob das wohl Norberts Komplizin ist?«, fragte Kim. »Am besten, wir zeigen Sabine Koopmann das Bild. Sie wird sie hoffentlich erkennen.«

In Wiesbaden sahen sich die Mädchen auf dem Bahnsteig wieder einmal genau um. Erst, als sie sich sicher waren, dass die Komplizen von Sabine Koopmann nicht in Sicht waren, machten sie das Foto von dem Bahnhofsschild. Danach ging es zum nächsten Bäcker.
»Wieso sollen wir eigentlich fragen, wie ein Brötchen in Wiesbaden heißt?«, wollte Franzi wissen. »Ein Brötchen ist doch ein Brötchen?«
»Es gibt aber verschiedene Arten«, erinnerte Marie ihre Freundin. »Mohnbrötchen, Sesambrötchen, Mehrkornbrötchen ...«
»Das ist nicht gemeint.« Kim stellte sich ans Ende der Schlange, die sich vor dem Bäckertresen gebildet hatte. Ein verlockender Pizzaduft wehte ihr entgegen. »Wir haben neulich erst in der Schule darüber gesprochen, dass manche Dinge in Deutschland unterschiedliche Namen haben – je nachdem, in welcher Region man sich befindet. Und Brötchen gehören dazu.«
»Und wie heißen die dann?«
»Semmeln in Bayern«, meinte Kim. »Und in anderen Regionen gibt es Weckerl, Brötli, Schrippen ... mehr Beispiele fallen mir gerade nicht ein.«

»Guten Abend«, sagte die dunkelhaarige Backwarenverkäuferin nun zu Kim. »Was darf es sein?«
Kim zeigte auf ein Brötchen in der Auslage. »Das hätte ich gern. Darf ich fragen, wie das heißt?«
»Eckhard«, sagte die Frau, wobei sie erstaunlich ernst blieb. Nur um ihre Mundwinkel herum zuckte es leicht. »Den Nachnamen kenne ich leider nicht.«
Marie musste loslachen. »Ehrlich, wir müssen fragen, wie diese Dinger in Wiesbaden genannt werden, und dann müssen wir eins davon kaufen. Wir machen bei einer Rallye mit.«
»Ach so.« Die Frau packte das Brötchen in eine Tüte. »Das ist ein Brötchen.«
»Oh«, machte Franzi enttäuscht. »Genau wie bei uns.«
Die Mädchen kauften für jede noch ein Pizzabrötchen, dann gesellten sie sich wieder zu Jonas, Anna und Frau Koopmann. Die standen sichtgeschützt hinter einer Werbetafel. Auf dem Weg zur S-Bahn checkten sie immer wieder ihre Umgebung. Obwohl sich Norbert und Roswitha nicht blicken ließen, spürte Kim ein Prickeln im Nacken. Gestern waren sie vom grauen Phantom verfolgt worden, heute von deren Komplizen. Eine ständige Bedrohung lag in der Luft.
»Die Luft ist rein«, sagte Sabine Koopmann, als sie in der S-Bahn saßen. Doch die Mädchen sahen sich weiterhin um.
»Momentan können wir nichts tun, als abzuwarten. Das gefällt mir nicht.« Kim blickte aus dem Fenster auf das abendliche Wiesbaden. In der hessischen Stadt waren bereits die Straßenlaternen angegangen. Die Hügelkette hinter dem Bahnhof konnte man nur noch erahnen. Der Abendhimmel färbte sich langsam von einem dunklen Lila zu einem samtigen Schwarz.

Hessen

Nächtliche Skyline von Frankfurt

Hauptstadt: Wiesbaden
Größe: 21.116 km²
Wissenswert: Hessen liegt in der Mitte von Deutschland.

Geheimtipp:

- Leseratten aus aller Welt treffen sich jeden Oktober auf der Frankfurter Buchmesse. Spannende Jugendbücher werden dort in Halle 3 präsentiert.

WOW!

- Wiesbaden ist eines der ältesten Kurbäder Deutschlands. Das liegt an seinen vielen Thermal- und Mineralquellen. Aus dem berühmten Kochbrunnen quillt beispielsweise heißes Wasser.
- Der größte Flughafen von Deutschland liegt in Frankfurt. Hier landen und starten täglich fast 1.500 Flugzeuge.

Rheinland-Pfalz

SCHON BEREIST
NOCH NICHT BEREIST

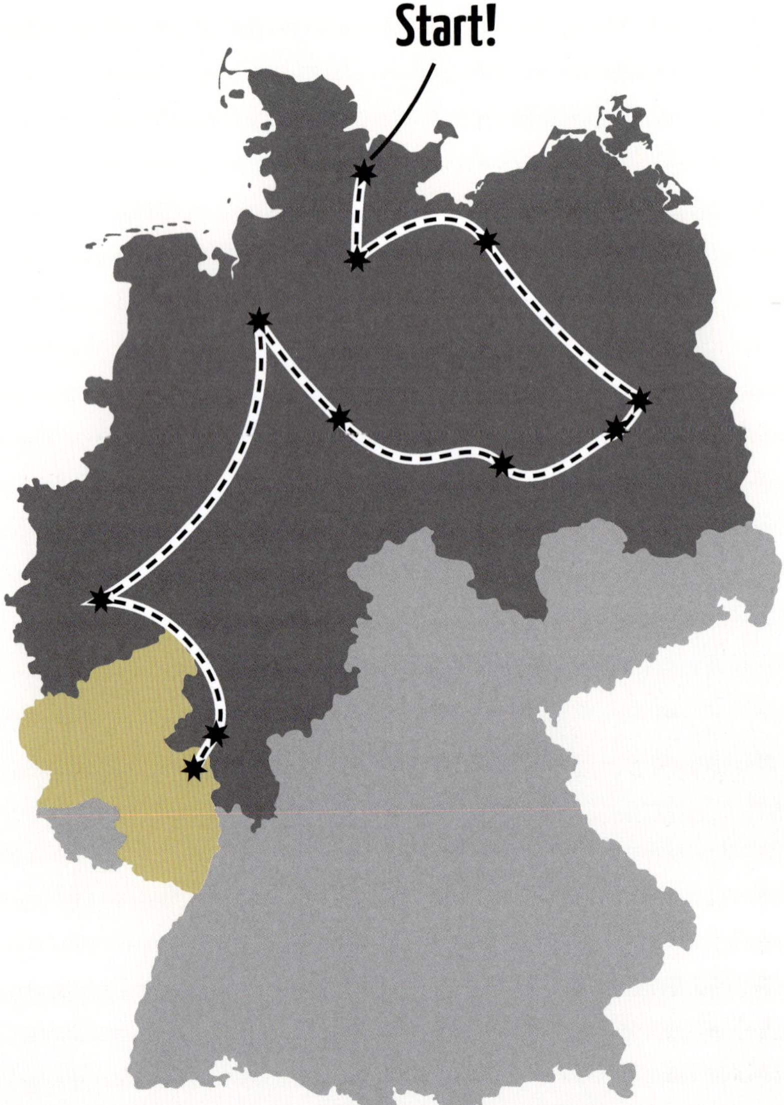

Überfall im Regen

Gerade würde ich gern neben dem Zug durch die abendliche Landschaft joggen – mich bewegen, die frische Luft einatmen und die Anspannung hinter mir lassen. (Franzi)

Als sie kurz darauf über die Rheinbrücke fuhren, die Hessen mit Rheinland-Pfalz verband, war es beinahe dunkel. Kim versuchte, den Fluss zu erkennen, sah aber nur vereinzelte Lichter, die sich im Wasser spiegelten. Sie dachte zurück an alles, was sie an diesem langen Tag erlebt hatte: an Sammy, an Maries Gesang in Bremen, an die höhnische Botschaft von Team Gelb und an die vielen Informationen, die sie von Sabine Koopmann erhalten hatten. Aber wer konnte garantieren, dass Sabine Koopmann die Wahrheit sagte? Wer konnte garantieren, dass sie nicht ebenfalls hinter der Beute her war? Durfte sie überhaupt kreuz und quer durch Deutschland reisen, oder musste sie sich regelmäßig bei einem Bewährungshelfer melden? Kim hätte nur zu gern bei Kommissar Peters angerufen, aber das war keine gute Idee. Er machte sich viel zu schnell Sorgen und informierte am Ende sogar noch die Eltern der drei !!!. Was dann passieren würde, war klar: Das Spiel und der Fall wären sofort beendet. »Das Spiel!« Kim fiel es siedend heiß ein. »Wir haben die Karte vergessen!«

Jonas fuhr hoch. Er war auf seinem Platz eingenickt.

»Ach du Schande!« Anna begann sofort, in ihrem Rucksack nach dem Kasten zu wühlen. Die S-Bahn drosselte bereits ihr Tempo. Im Dunkel leuchteten nun die ersten Lichter von Mainz auf.

»Zur Not setzen wir den Joker ein«, sagte Marie, während sie eine Karte zog.

Anna schüttelte den Kopf. »Dann hättest du nicht ziehen dürfen.«
»So ein Mist!« Marie blickte auf die Karte. »Uff.«
»Was für eine Karte ist es?« Franzi drängte sich an Kim vorbei, um besser sehen zu können.
»Es ist eine Aktionskarte«, erklärte Marie erleichtert. »Wir sollen am Ziel ein Bauwerk fotografieren, das älter als 300 Jahre ist. Das schaffen wir doch bestimmt.«
Die Bremsen der S-Bahn quietschten. Eine Frauenstimme sagte den Mainzer Hauptbahnhof an.
Franzi atmete hörbar aus. »Auf geht's!«

Die Rhein-Main-Jugendherberge von Mainz lag unweit des Rheinufers am Volkspark. Um sie zu erreichen, musste Team Grün vom Hauptbahnhof aus die Buslinie 62 nehmen. Die fuhr jedoch nicht durch die Altstadt, wo sie die Aufgabe erledigen wollten.
»Wir hätten die S-Bahn nehmen sollen«, meinte Marie mit einem Blick auf einen Plan, den sie im Reisezentrum bekommen hatte. »Es gibt hier die Haltestelle *Römisches Theater*. Das klingt nach einer Ruine oder so etwas. Auf jeden Fall sind römische Bauwerke grundsätzlich super alt.«
»Wer weiß, ob da überhaupt noch etwas von übrig ist«, meinte Franzi skeptisch. »In der Dunkelheit wird es eh schwierig.«
»Das Theater ist eine Sehenswürdigkeit«, mischte sich Jonas ein, der auf sein Handy guckte. »Und es ist tatsächlich sehr alt. Aber Franzi hat recht: Es ist jetzt schon zu dunkel.«
Kim nickte. »Wir checken in der Jugendherberge ein und nehmen dann einen Bus in die Altstadt. Der Mainzer Dom ist garantiert kein Neubau.«

Die Bemerkung war nicht einmal besonders witzig. Trotzdem mussten alle lachen. Die Anspannung des Tages löste sich langsam. Obwohl sie alle müde waren, machten die Mitglieder von Team Grün nur einen kurzen Zwischenstopp in der Jugendherberge. Sie luden ihr Gepäck ab, gingen auf die Toilette, lenkten Marie vom Badezimmerspiegel ab, holten sich ein paar Flyer aus dem Infoständer in der Eingangshalle und machten sich danach schon wieder auf den Weg in die Altstadt, wo der Dom lag. Es handelte sich um ein prächtiges Bauwerk, das von zahlreichen Scheinwerfern angestrahlt wurde.
»Wozu braucht man ein Märchenschloss, wenn man das hier haben kann?« Kim sah ehrfürchtig zu den vielen Türmen hinauf, die sich vom dunklen Nachthimmel abhoben.
Marie klappte einen der Flyer auf. »Der Dombau startete bereits im späten zehnten Jahrhundert.«
»Sehr gut. Das ist alt genug.« Franzi suchte nach einer perfekten Stelle für das Foto. Sie entschieden sich schließlich für die Perspektive vom Markt aus. Dort stellten sich die drei !!! nebeneinander auf. Jonas machte das Foto mit dem Dom in Hintergrund.
»Und bitte erst morgen hochladen«, gebot Kim anschließend.
»Ja, ja«, versprach Jonas, während er sein Handy wieder in die Tasche steckte.

Auf dem Rückweg vom Bus fielen die drei !!! langsam zurück. Ihre Aufgaben für den Tag waren erledigt und es war an der Zeit, sich ungestört über den Fall zu unterhalten. Anna, Jonas und Frau Koopmann gingen ein ganzes Stück vor ihnen und hatten beinahe die Jugendherberge erreicht. Gerade wollte Kim das Gespräch beginnen, als Franzi ihren Arm packte.

»Alles okay?«, fragte Kim besorgt.
»Verfolger«, zischte Franzi kaum hörbar.
Kim vermied es, sich komplett umzudrehen. Das wäre zu auffällig gewesen. Sie drehte ihren Kopf nur leicht, als würde sie Marie ansehen. Aus den Augenwinkeln beobachtete sie den Rand des Volksparks. Er lag dunkel hinter ihnen. Ein leichter Regen setzte ein und tröpfelte leise auf Blätter und Wege. Irgendwo ganz in der Nähe knackte ein Ast. Etwas bewegte sich im Gebüsch – langsam und sehr vorsichtig. Beinahe wie ein Raubtier auf der Jagd. Kim zwang sich, ruhig weiterzugehen, doch ihr Herz klopfte nun merklich. Ihr war, als würde sie hinter sich ein Flüstern hören. Sabine Koopmann und die beiden Betreuer hatten bereits das beleuchtete Gelände der Jugendherberge erreicht.
»Wir sollten mal einen Zahn zulegen«, sagte Marie so gelassen wie möglich. »Ich habe keine Lust, klitschnass zu werden.«
Die Mädchen beschleunigten ihre Schritte. Gleichzeitig schien sich jemand hinter den Büschen in Bewegung zu setzen. Wieder knackten Äste. Blätter raschelten. Schwere Tritte erklangen. Jetzt hegte Kim keinen Zweifel mehr. Jemand war hinter ihnen her. Der Weg bis zur Jugendherberge kam ihr plötzlich unendlich weit vor – obwohl sie den Eingang schon sehen konnte. Der Regen wurde langsam stärker und gab den Mädchen einen unverdächtigen Grund, ihr Tempo zu steigern. Nebeneinander joggten sie auf das beleuchtete Haus zu. Gleich hatten sie es geschafft. Da stolperte Kim über eine unebene Wegstelle. Sie schlug der Länge nach hin. Es tat nicht weh, aber es kostete wertvolle Sekunden. Die Büsche zu ihrer Rechten bewegten sich. Ein heiseres Lachen ertönte. Marie packte ihre Freundin am Arm und zog sie hoch. Ohne sich umzudrehen, rannten sie zur Jugendherberge. Doch

kurz vor dem Tor bremste Franzi ab. Sie deutete auf die parkenden Autos vor dem Eingang. Blitzschnell duckten sich die Mädchen hinter einen klapprigen VW-Bus. Kim zückte ihr Handy. Sie gab die Notruf-Nummer der Polizei ein: 110. Bevor sie den Wählknopf drücken konnte, erklangen auf dem Weg Schritte. Man hörte keuchende Atemgeräusche im Regen.

»Die sind reingegangen«, zischte jemand. Die Stimme war tief und leise.

Franzi schlich um den Wagen herum, damit sie sich ihren Verfolgern von hinten nähern konnte. Kims Finger verharrte noch immer über der Wähltaste. Das Display leuchtete in der Dunkelheit. Die Nummer darauf beruhigte sie etwas. Mittlerweile trommelte der Regen lautstark auf die Autos. Marie saß dicht neben Kim. Wasser tropfte von ihren langen blonden Haaren auf den Boden. Ihr Gesicht war angespannt. Die Mädchen tauschten einen Blick, da hörten sie den Schrei.

»Franzi!«, entfuhr es Marie entsetzt.
Franzi schrie aus Leibeskräften. »Ihr Idioten!«
Kim glaubte, ein Handgemenge zu hören. Marie sprang auf und rannte zu ihrer Freundin. Kim griff nach dem Handy. Jetzt war der Zeitpunkt gekommen, die Polizei zu rufen! Oder nicht?
»Nicht schlagen!«, erklang eine Jungenstimme.
»Mann, du tust mir weh! Deine Handtasche ist voll hart!« Noch eine Stimme, die einem Jugendlichen gehörte.
»Ich fasse es nicht!«, brüllte Marie, die ihre Handtasche zur Selbstverteidigung eingesetzt hatte.
Damit hatte Kim nicht gerechnet. Sie steckte das Handy unverrichteter Dinge ein und wagte sich aus dem Versteck. Sie brauchte einen Moment, um die Lage zu begreifen. Sie hatte mit Norbert und Roswitha gerechnet oder mit anderen Verbrechern, aber garantiert nicht mit den vier Jungen von Team Gelb.
»Macht das nie wieder!«, sagte Marie, als Kim bei der Gruppe ankam.
»Team Gelb!«
»Hast du das auch schon geschnallt?«, fragte Luca genervt.
»Auch noch frech werden!« Marie funkelte die Jungen wütend an.
»Wir wollten uns einen kleinen Spaß mit euch erlauben«, verteidigte sich Erik.
Tobi verdrehte die Augen. »Kommt mal runter!«
»Können wir das vielleicht drinnen besprechen?« Luca sah zum Himmel, der nun endgültig alle Schleusen geöffnet hatte.
Zu siebt betraten sie den Eingangsbereich der Jugendherberge. Anna kam ihnen bei der Tür entgegen. »Wir wollten gerade umkehren und euch suchen.«

»Nicht nötig«, brummte Franzi. »Wir mussten nur kurz etwas regeln.«
Die Mädchen sahen, wie sich Sabine Koopmann zurückzog. Doch Jonas kam direkt auf sie zu. »Team Gelb!«
»Ja. Offensichtlich.« Tobi verdrehte die Augen.
»Wo sind eure Betreuer?«, fragte Anna.
Leon verschränkte missmutig die Arme. »Die hängen hier in irgendeinem Gruppenraum herum und gucken das Spiel.«
»Welches Spiel?«
»Bundesliga«, knurrte Tobi. »Und wir haben es verpasst, weil wir Wasser aus dem Rhein holen mussten.« Er hielt ein Fläschchen hoch.
»Wir waren gerade auf dem Rückweg«, erklärte Luca. »Und da haben uns die Mädchen angefallen.«
»Die hat mich mit ihrer Handtasche verkloppt!« Tobi wies anklagend auf Marie. »Die ist voll aggro!«
»Ich habe mich nur verteidigt«, gab Marie spitz zurück. »Bei deiner dicken Jacke hast du vermutlich noch nicht einmal etwas davon gespürt.«
»Ich bin morgen grün und blau.« Tobi mimte den Unschuldigen, doch das ließ sich Franzi nicht bieten. »Die Jungen haben uns aufgelauert. Sie haben uns verfolgt und wollten uns Angst einjagen.«
»Ihr habt Glück, dass ich nicht die Polizei gerufen habe«, sagte Kim. »Ich war echt kurz davor.«
»Was können wir dafür, wenn ihr gleich so panisch reagiert?«, beschwerte sich Luca.
Marie verengte die Augen zu schmalen Schlitzen. »Jemanden in einem dunklen Park zu verfolgen und zu erschrecken ist kein Kavaliersdelikt.«

»Das sehe ich auch so.« Anna nickte. »Ihr könnt froh sein, wenn ich das nicht im Verlag melde.«
Jonas seufzte. »Geht zu euren Betreuern. Wir machen für heute Schluss.«
»Wir sehen uns beim Frühstück«, sagte Erik im Gehen zu den Mädchen.
»Hoffentlich nicht«, antwortete Marie.

Reisetagebuch von Kim Jülich
Mittwoch, 22:15 Uhr

Langsam kehrt Ruhe ein, aber in meinem Kopf höre ich noch immer die Geräusche aus den Zügen: das Rattern und Zischen, das Singen der Gleise, die Pfiffe und die Durchsagen und die endlosen Gespräche der Reisenden. Wenn ich die Augen schließe, sehe ich die Landschaft an mir vorbeirasen. Heute war unser Marathontag. Der Tag mit den meisten Bundesländern. Wir waren in Brandenburg, Niedersachsen, Bremen, Nordrhein-Westfalen, Hessen und Rheinland-Pfalz. Wie gern wäre ich jedes Mal für einen ganzen Nachmittag ausgestiegen. Wir haben so viel gesehen und doch so viel verpasst. Teilweise waren wir nur am Bahnhof. Und große Bahnhöfe sehen sich eigentlich alle ähnlich. Egal, ob man nun gerade im Süden, im Norden, im Osten oder im Westen ist. Es riecht dort sogar gleich. Und fast immer sieht man in der Nähe des Bahnhofs Graffitis, Strommasten, Lagerhallen und mindestens einen großen Kran … und Schrebergärten. Liegen die immer direkt an Bahnlinien? Außerhalb der Städte ist es hauptsächlich grün. Ich könnte bei einem spontanen Blick aus dem Fenster oft gar nicht sagen, wo wir gerade sind. Kühe und Windräder gibt es jedenfalls nicht nur am Meer. Überhaupt haben wir ziemlich viel Natur gesehen: Waldgebiete, Wiesen, Flüsse, Seen, Bäche und Hügel. Das war sehr schön. Und wenn ich so über die Natur schreibe, muss ich an Sammy denken. Ich habe ihn heute im Zug kennengelernt. Er war total nett und hat uns geholfen. Außerdem ist er in einer Umwelt-AG.

Weniger nett sind die Jungen von Team Gelb. Und das ist noch freundlich formuliert!!! Sie haben uns im dunklen Park aufgelauert und wollten uns erschrecken. Es ist total blöd: Bis Saarbrücken haben wir unsere Gegner am Hals. Ich hoffe, dass wir unterwegs nur eine Rätselfrage beantworten müssen und dort gleich in den nächsten Zug steigen können ..., während die Jungen in der Stadt eine gigantische Strafaufgabe erledigen müssen. Zum Beispiel in einer Bücherei Ballett tanzen oder eine Statue aus der Renaissance küssen. Na ja, man soll anderen nichts Schlechtes wünschen. Marie sagt immer, dass alles Schlechte, was man anderen wünscht, dreifach zu einem zurückkehrt. Trotzdem kann man manchmal düstere Gedanken haben. Team Gelb fordert das geradezu heraus. Hauptsache, unsere Wege trennen sich bald wieder. Allein schon wegen Sabine Koopmann. Auf keinen Fall sollten wir Team Gelb von unserem Kriminalfall erzählen. Das würde alles nur unnötig kompliziert machen.

Detektivtagebuch von Kim Jülich
Mittwoch, 22:50 Uhr

Wir haben heute viel über unseren Fall erfahren. Die Ermittlungen leiden allerdings gerade unter unserer Rallye und der Tatsache, dass wir den ganzen Tag unterwegs sind. Normalerweise würden wir Leute befragen und vor Ort recherchieren. Wir würden alte Zeitungsartikel wälzen und Verdächtige beschatten. Das geht im Zug nur begrenzt.
Die Geschichte, die uns Sabine Koopmann erzählt hat, scheint zu stimmen. Franzi ist skeptisch, aber Marie und ich glauben der Frau. Franzi meint, dass sie auf der Suche nach der Beute ist. Kann das sein? Weiß sie mehr, als sie zugibt?

»Brrr«, machte Marie, als sie pünktlich um Viertel vor acht am Mainzer Hauptbahnhof ankamen. Der Bahnsteig war noch nass vom nächtlichen Regen. Dunkelgraue Wolkenberge hingen tief über der Stadt. »Ich wäre jetzt gern noch im warmen Bett.«

Kim nickte. Ihre Zähne klapperten geräuschvoll aufeinander. Trotzdem konnte sie die Kommentare der Jungen hinter sich hören. Team Gelb witzelte wieder einmal herum. Dieses Mal ging es um Maries Gepäck, Franzis Zöpfe und Kims Schuhe. Was auch immer es da zu lachen gab. Sie tat so, als würde sie nichts mitbekommen und starrte auf die Wohnhäuser hinter den Gleisen. In vielen Zimmern brannte Licht.

Offensichtlich wurde es Jonas zu bunt. »Könnt ihr euren Schwachsinn für euch behalten?«

»Ja, Mama«, witzelte Tobi. Seine Kumpel lachten.

Ein Betreuer des gegnerischen Teams mischte sich ein – ein rundlicher Endzwanziger mit einer giftgrünen Brille. »Jetzt ist aber mal gut. Konzentriert euch lieber darauf, das Spiel zu gewinnen. Ihr müsst gleich die nächste Karte ziehen.«

»Aber erst im Zug«, mahnte Jonas.

»Ja, wir spielen schon nicht gegen die Regeln«, versprach der Betreuer mit der Brille. »Reg dich nicht auf!«

Kim sah sich um. Die Mädchen konnten nicht damit aufhören, ihre Umgebung nach Norbert und Roswitha abzusuchen. Die Bedrohung war schließlich nicht aus der Welt. Kim entdeckte jedoch nur Sabine Koopmann. Sie war ein paar Minuten nach ihnen auf den Bahnsteig getreten und tat so, als würde sie die Gruppe nicht kennen. Das war so abgesprochen.

Anna wandte sich an die anderen Betreuer. »Ich würde vorschlagen, dass wir in unterschiedliche Wagen gehen.«

»Ist wohl besser so.«

»Ihr habt es gehört, Jungs. Zieht Leine«, sagte Jonas unfreundlich zum gegnerischen Team.

Die Lautsprecher kündigten den einfahrenden Regionalexpress an. Alle traten einen Schritt zurück. Bremsen quietschten. Tauben flatterten auf. Die Gruppe machten sich bereit zum Einsteigen.
»In Saarbrücken überholen wir euch«, rief Luca noch, bevor die Jungen im Nachbarwaggon verschwanden.

»Es wird eine einfache Rätselkarte. Es wird eine einfache Rätselkarte. Es wird eine einfache Rätselkarte«, sagte Marie wie ein Mantra vor sich hin.
»Du kannst es nicht beeinflussen.« Franzi schloss die Augen und zog. »Aber ich möchte auch, dass es eine einfache Rätselkarte wird.«
»Ich auch«, fügte Kim hinzu. »Und?«
»Mist!« Franzi hatte die Augen wieder geöffnet. »Es ist eine Aktionskarte.«
»Nein«, jammerte Marie theatralisch.
»Oh doch.«
»Was sollen wir tun?«
Franzi las den Text vor: *»Achtung, Detektive: Ihr werdet verfolgt! Schüttelt die Verfolger ab, indem ihr so tut, als ob ihr einen Spaziergang macht – mindestens 20 Minuten durch die Innenstadt und wechselt, sooft es geht, die Richtung.«*
»Wir werden also verfolgt.« Marie hob die Augenbrauen. »Ich hoffe, das Spiel hat keine hellseherischen Fähigkeiten.«
Franzi hob die Augenbrauen. »Es ist eine Aktionskarte, keine Tarotkarte, das ist dir schon klar?«
»Es kann trotzdem ein böses Omen sein«, gab Marie zurück. »Außerdem habe ich dieses blöde Gefühl satt, dass irgendwo jemand auf uns lauert. Das ist auf die Dauer echt zermürbend.«

Die Fahrt verlief ruhig und ohne besondere Vorkommnisse. Schon nach ein paar Minuten wechselte die Kulisse vor den Zugfenstern vom Stadtbild zu hügeliger Natur. Die Landschaft wurde zunehmend bergiger. Links und rechts von der Bahnstecke erhoben sich schroffe Felsen. Manchmal kam ein Fluss in Sicht. Kim machte ein paar Fotos. Doch das sanfte Schaukeln des Zuges machte sie schläfrig. Kurz hinter dem Kurort Bad Münster am Stein schlief sie ein.

Das Märchenschloss Burg Eltz

Rheinland-Pfalz

Hauptstadt: Mainz

Größe: 19.858 km²

Wissenswert: Das Bundesland ist durch seine Burgen und Weinanbaugebiete bekannt.

! Geheimtipp:

- Nicht nur Mittelalterfans kommen auf der beeindruckenden Burg Eltz voll auf ihre Kosten.
- In Koblenz fährt eine Seilbahn über den Rhein, von der aus du die Gegend aus der Luft bestaunen kannst.

WOW!

- Die Landeshauptstadt Mainz ist die Geburtsstadt von Johannes Gutenberg – dem Mann, der den Buchdruck erfand.
- Ganz schön heiß! Die Vulkaneifel in Rheinland-Pfalz ist auch heute noch vulkanisch aktiv.

Saarland

SCHON BEREIST

NOCH NICHT BEREIST

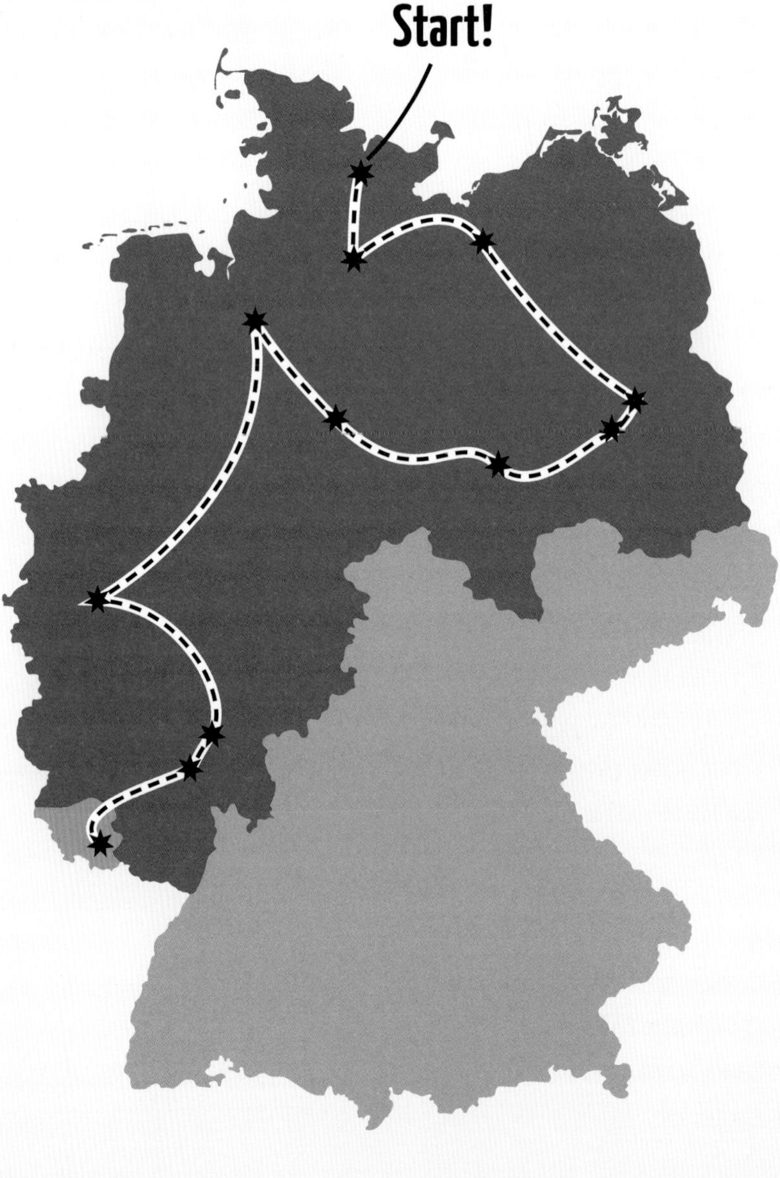

Wiedersehen ohne Freude

Wir sind ganz in der Nähe von Frankreich – näher an Paris als an Berlin. Ob es in Saarbrücken wohl auch Pain au Chocolat gibt? (Marie)

Kim erwachte erst wieder, als der Zug in Saarbrücken abbremste. Von der Stadt an der deutsch-französischen Grenze war zunächst nicht viel zu sehen. Das gewohnte Hauptbahnhofsbild empfing die Mädchen: Hallen, Hinterhöfe, Beton, Stahl und Graffiti. Dazu Gleise, Signale mit roten und grünen Lampen, Schienen, andere Züge und die allgegenwärtigen Tauben.

Die drei !!! stürmten gleich nach dem Halt los, Anna und Jonas an ihrer Seite. Sabine Koopmann folgte ihnen mit etwas Abstand. Sie wollte nicht riskieren, dass Team Gelb Verdacht schöpfte. Einen kurzen Zwischenstopp legten sie bei den Schließfächern ein, wo sie Maries schweres Gepäck verstauten. Dann machten sie sich mit eingeschaltetem Handy-Stadtplan auf den Weg. Auf der Trierer Straße ging es als Erstes in Richtung Saar. Als sie in eine Fußgängerzone einbogen, beschloss Marie, wieder einmal den Spiegel-Trick anzuwenden. »Ich habe ein ungutes Gefühl.«

»Das kommt von der Aufgabe«, meinte Franzi im Gehen.

»Außerdem ist Annas Oma ja tatsächlich hinter uns«, fügte Jonas hinzu.

Kim war auf Maries Seite. »Ich finde es gut, wenn wir vorsichtig sind. Ein Blick in den Spiegel hält uns nicht auf.«

»Eben«, sagte Marie. »Tut mal kurz so, als gäbe es einen Grund, anzuhalten.«

Kim blickte nach unten und blieb abrupt stehen. »Ups! Wartet mal!« Sie bückte sich und griff nach ihren Schnürsenkeln. Marie zückte unterdessen ihren Lipgloss und den Spiegel.
»Ich sehe Sabine Koopmann. Sie geht jetzt langsamer. Und da ... ich glaube es ja nicht!«
»Was ist los?«, fragte Franzi.
»Die Jungen sind hinter uns her. Sie gehen ebenfalls langsamer.«
»Wir lassen sie vorbei«, entschied Kim.
»Dann gewinnen sie«, wandte Marie ein. »Wir sollten lieber schneller gehen und sie abhängen.«
»Dann laufen die doch auch schneller«, erklärte Kim. »Viel wichtiger ist doch, dass wir sie los sind, damit sie Sabine Koopmann nicht auf die Schliche kommen ...«
»Meinetwegen«, gab Marie nach. »Lasst uns einfach kurz in einen Laden gehen. Dann merken wir ja, ob sie vorbeigehen oder nicht.«
Tatsächlich blieben die Jungen nur kurz vor dem Laden stehen und zogen Grimassen. Dann liefen sie weiter. Sabine Koopmann stand ein paar Meter entfernt vor einem Restaurant und tat, als würde sie sich für die Speisekarte interessieren.
»Die Gelben wären wir los«, stellte Marie fest, als sie wieder ins Freie traten. Ein paar Minuten später kamen ihnen die Jungen jedoch schon wieder entgegen.
»Wir sind hier fertig.« Tobi grinste zufrieden. »Punkt abgesahnt und auf dem Weg zum nächsten Ziel.«
»Ihr werdet übrigens von einer heruntergekommenen Oma verfolgt.« Luca deutete auf Sabine Koopmann.
»Passt bloß auf. Die ist bestimmt gefährlich«, warnte Leon mit einem breiten Grinsen im Gesicht.

»Ja, die will euch ausrauben«, fügte Tobi hinzu. »Ihr seid eures Lebens nicht mehr sicher.«
»Ha, ha«, machte Kim.
Marie klimperte mit den Wimpern. »Ihr habt die Wahl, Jungs. Ihr könnt das Gespräch mit uns genießen oder jetzt zum Bahnhof abdüsen. Ihr wollt doch gewinnen, oder?«
Team Gelb bevorzugte Letzteres. Es dauerte nicht lange, und sie verschwanden mit ihren Betreuern hinter der nächsten Kurve.
»Ich gehe zurück zum Bahnhof«, beschloss Sabine Koopmann.
»Treffen wir uns dort?«, fragte Anna.
Sabine Koopmann schüttelte den Kopf. »Ich halte euer Spiel auf und bringe euch unnötig in Gefahr. Außerdem wird das Geld für die Fahrkarten und die Übernachtungen langsam knapp.«
»Ich kann dir etwas leihen«, bot Anna an, doch ihre Großmutter wollte das nicht annehmen. »Am besten fahre ich zu meiner Cousine nach Gersthofen. Ich schätze, dass ich ein paar Tage bei ihr untertauchen kann. Bis dahin habe ich hoffentlich einen Plan, wie ich mit Norbert und Roswitha reden kann.«
»Schade«, meinte Anna ehrlich. »Aber wir bleiben in Kontakt. Bestimmt kann ich Mama überreden, sich doch noch mit dir zu treffen.«
»Danke, mein Kind.« Sabine Koopmann sah ihre Enkelin herzlich an. »Ich wünsche euch alles Gute für das Spiel!«
Sabine Koopmann winkte in die Runde. »Ich werde mich ab jetzt um die wichtigste Frage in meinem Leben kümmern.«
Franzi nickte langsam. »Wo die Beute versteckt ist?«
Sabine Koopmann lächelte müde. »Nein, wie ich den Weg zurück in ein normales Leben finde. Aber die Sache mit der Beute ist nicht ganz unwichtig. Solange Norbert und Roswitha davon überzeugt

sind, dass ich das Versteck kenne, werden sie mich nicht in Ruhe lassen.«
Sie verabschiedeten sich voneinander. Die ehemalige Juwelendiebin zögerte kurz, dann nahm sie Anna in den Arm. Ohne eine weitere Verabschiedung ging sie mit raschen Schritten davon.
»Der Fall ist beendet, bevor wir ihn aufklären konnten«, sagte Franzi.
Kim machte ein langes Gesicht. »Das ist uns noch nie passiert.«

Die drei !!! und ihre Betreuer wanderten über die Luisenbrücke. Von oben machten sie ein paar Fotos. Dann ging es auf der anderen Seite am Saar-Ufer entlang bis zu einer weiteren Brücke namens Westspange. Von hier aus konnte man über den Bürgerpark sehen. Franzi blickte sehnsüchtig auf einen Skatepark hinunter. Marie suchte nach schönen Fotomotiven und wurde schnell fündig. Unter ihnen lag ein Teich mit einer Ruine, die an ein uraltes römisches Bauwerk erinnerte. Sie hob das

Handy vor die Augen und knipste. Jonas lachte. »Das ist nur ein Fake. Es soll alt aussehen, ist aber relativ neu.«
Marie ließ das Handy sinken. »Schade, ich dachte, wir sehen hier gerade ein Überbleibsel aus der bewegten Geschichte des Saarlands.«
»Es gibt hier durchaus solche Überbleibsel«, erklärte Jonas. »Zum Beispiel die Kasematten – unterirdische Festungen, die man besichtigen kann.«
»Und woher weißt du das alles?«, fragte Kim.
»Ich habe vor ein paar Jahren eine Klassenreise hierher gemacht.« Jonas grinste. »Es war eine großartige Woche. Allerdings nicht wegen der Sehenswürdigkeiten.«
Während Jonas in Erinnerungen schwelgte, überquerten sie gemeinsam die Westspange und kehrten über die St. Johanner Straße zum Hauptbahnhof zurück. Kim hörte Jonas kaum zu. In Gedanken beschäftigte sie sich noch immer mit dem Fall. Bis eben hatten sie alles darangesetzt, den Fall und das Spiel unter einen Hut zu bringen. Und jetzt machte sich Sabine Koopmann einfach aus dem Staub. Kim fragte sich, ob es noch einen anderen Grund dafür gab. Vielleicht hatte Franzi doch recht gehabt. War Sabine Koopmann eine Idee gekommen, wo die Beute versteckt war? Wollte sie die Juwelen alleine holen und sich deswegen absetzen? Oder hatte sie etwas beobachtet? Oder jemanden? Kim wurde zunehmend nervöser.
»Das Wetter ändert sich.« Franzi sah zum Himmel hinauf. Die braunen Blätter an den Bäumen zitterten im stärker werdenden Wind. Graue Wolkenfetzen zogen über ihre Köpfe hinweg.
»Wir sind lange genug gelaufen«, fand Marie. Sie steckte die Hände in die Taschen ihrer Jacke. »Ich bin froh, wenn wir uns gleich in der Bahn bei einem heißen Kakao aufwärmen können.«

»Im Süden soll es doch eigentlich wärmer sein als im Norden«, beschwerte sich Franzi. »Ich hatte auf Sonne gehofft.«
»Im Wetterbericht war von einem Tief mit kalter Luft die Rede«, erklärte Jonas. »Und eine Sturmwarnung kam auch schon.«
Die großen Flaggen vor dem grauen Hauptbahnhof zerrten bereits an ihren Leinen, als Team Grün durch den Haupteingang eilte. Sie hatten verabredet, sich aufzuteilen. Jonas und Kim wollten schnell ein paar Snacks für alle besorgen, während Anna, Marie und Franzi das Gepäck aus den Schließfächern holten. Als Kim mit einer Tüte voller Croissants und einer Packung Madeleines zum Treffpunkt kam, wartete eine Überraschung auf sie. Zwischen Franzi und Marie ging eine grauhaarige Frau: Sabine Koopmann.
»Ist alles okay?«, fragte Kim erstaunt, als sie in Hörweite war.
»Ja.« Sabine Koopmann lächelte gequält. »Mein Plan hat leider nicht funktioniert. Ich habe meine Cousine auf dem Handy erreicht, aber sie macht gerade Urlaub an der Ostsee und kommt erst morgen zurück. Ich werde also noch bis München mit euch reisen und dann von dort aus nach Gersthofen fahren.«
»Wird dein Geld denn reichen?«, fragte Anna besorgt.
»Meine Fahrkarte ist noch bis übermorgen gültig. Da muss ich mir keine Gedanken machen. Nur die Unterkunft wird teuer.«
»Meine Kumpel und ich waren zum Oktoberfest in einem Hostel in der Innenstadt«, berichtete Jonas. »Das war jetzt echt kein Luxushotel, aber sehr günstig. Wenn du für eine Nacht mit Schimmel in der Dusche und Staubflocken unter dem Bett leben kannst, gebe ich dir die Adresse.«
Kim tippte auf ihre Uhr. »Können wir das unterwegs besprechen? Unser Zug nach Stuttgart fährt sonst ohne uns ab.«

Das ehemalige Eisenwerk und UNESCO-Welterbe Völklinger Hütte

Saarland

Hauptstadt: Saarbrücken

Größe: 2.571 km^2

Wissenswert: Das Saarland ist das kleinste Flächenland in Deutschland.

Geheimtipp:

- Ein Besuch der mittelalterlichen Burganlagen und der Kasematten unter Saarbrücken birgt ein kleines Abenteuer. Du steigst in die beleuchtete Unterwelt der Stadt hinab.
- Erlebniswelt Eisenwerk: Die Völklinger Hütte mit dem Ferrodrom beeindruckt durch Ausstellungen, interaktive Programme und Popkultur.

WOW!

- Das Saarland gehört zu den wärmsten Regionen in Deutschland.
- Im Saarland lernen alle Kinder schon in der Grundschule Französisch.

Baden-Württemberg

SCHON BEREIST

NOCH NICHT BEREIST

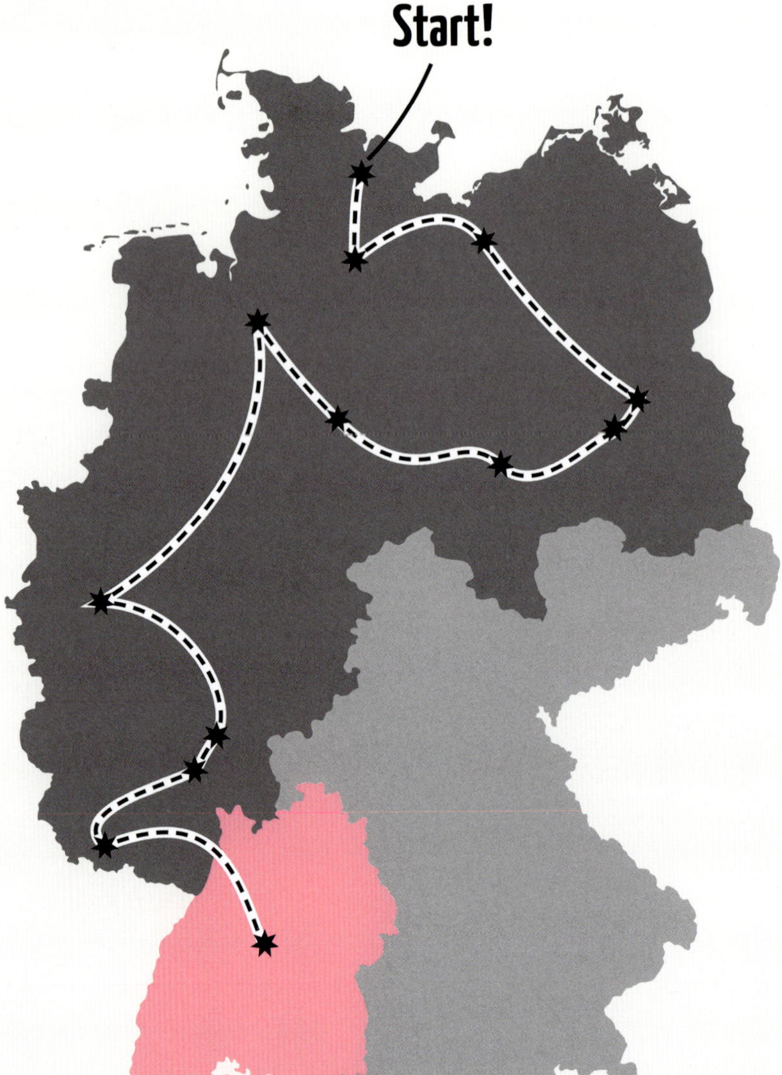

Mission Maultäschle

Mir knurrt der Magen. Hoffentlich bleibt in Stuttgart Zeit für ein leckeres Essen. Ich muss dringend Energie tanken! (Kim)

Mit dem Regionalexpress fuhr Team Grün bis Mannheim, wo sie zügig umsteigen mussten. Es lief beinahe glatt, bis zum Einsteigen. Kim und Franzi waren schon im Zug, als Marie das Make-up-Köfferchen aus der Hand rutschte. Es schlug scheppernd auf dem Bahnsteig auf.

»Glitzer!«, rief ein kleines Mädchen, das an der Hand seiner Mutter aufs Einsteigen wartete. Das Köfferchen war aufgesprungen und der halbe Inhalt hinausgeflogen. Die Eyeshadow-Palette »Nixe Deluxe« glitzerte nun in allen Farben des Regenbogens auf den grauen Bodenplatten des Mannheimer Bahnhofs. Ein Eyeliner rollte davon. Marie sog hörbar die Luft ein. Franzi sprang ihrer Freundin zu Hilfe, schnappte sich geistesgegenwärtig das Köfferchen, hob das herausgefallene Schmuck-Beutelchen auf und schob Marie sanft, aber bestimmt ins Innere des ICEs.

Als Anna ihnen kurz darauf den Kasten mit den Spielkarten hinhielt, sagte Marie kein Wort. Sie starrte nur auf das geöffnete Köfferchen. Lipgloss, Kajalstifte und Puderdosen lagen in einem heillosen Durcheinander aus buntem Staub. Glitzerpartikel funkelten auf den Fächern, in denen nun Chaos statt liebevoller Ordnung herrschte.

»Mensch, Mädchen, davon geht die Welt nicht unter«, sagte Sabine Koopmann aufmunternd.

Marie nickte. »Es ist nicht schlimm. Es ist nur Make-up. Das kann man nachkaufen.«
Trotzdem sah Kim, dass die Augen ihrer Freundin schimmerten.
»Ich habe nun einmal diesen Beauty-Tick«, schniefte Marie.
Kim legte ihr einen Arm um die Schulter. »Und wir mögen dich so, wie du bist. Mit all deinen Stärken und Schwächen.«
»Wir mögen dich sogar ohne Make-up!« Franzi knuffte ihre Freundin vorsichtig gegen die Schulter.
»Hallo, Meerjungfrau!« Das Mädchen vom Bahnsteig war neben ihren Plätzen stehen geblieben. »Das gehört dir, nicht wahr?«
Sie hielt Marie die Palette »Nixe Deluxe« hin.
Marie lächelte dankbar. »Das ist ja lieb.«
»Du bist echt schön«, sagte das kleine Mädchen ehrlich.
Normalerweise hätte Franzi jetzt garantiert einen Spruch gebracht. Aber in diesem Fall ließ sie es bleiben. Marie war nun einmal Marie – ein Mädchen mit einer Vorliebe für Mode und Kosmetik, aber auch ein Mädchen mit einem großen Herz.
»Weißt du was?« Marie wischte sich mit einer Hand über die Augen. »Du darfst das behalten.«
»Echt?« Das kleine Mädchen strahlte.
»Ja, echt.« Marie zwinkerte ihr zu. »Manchmal muss man etwas Glitzer auf den Alltag streuen.«
»Aber nicht auf die Sitze im Zug.« Die Mutter des Mädchens nahm ihr lachend die Palette mit den bunten Lidschatten ab und drückte ihr stattdessen das Kindermagazin der Bahn in die Hand, das sie gerade im Bordbistro geschenkt bekommen hatten. »Den Glitzer bekommst du später wieder.«
»Heute Abend bin ich eine Meerjungfrau!«, freute sich das Mädchen.

Eine geöffnete Versorgungsklappe am ICE sorgte für eine verspätete Abfahrt. Trotzdem kam Team Grün nur mit einer leichten Verspätung von acht Minuten am nächsten Zielbahnhof an. Das Unwetter hatten sie hinter sich gelassen. Jetzt lugte sogar die Sonne zwischen den Wolken hervor und sorgte für goldenes Herbstlicht im Talkessel von Stuttgart. Die Aufgabe passte den drei !!! dieses Mal sehr gut. Sie sollten ein landestypisches Essen in einem Restaurant zu sich nehmen.

»Da sind wir doch glatt dabei«, meinte Jonas, der wirklich immer Hunger hatte.

»Also ich glaube –«, setzte Sabine Koopmann an, doch ihre Enkelin kam ihr zuvor. »Du kommst mit uns. Ich lade dich ein.«

Gemeinsam gingen sie durch die belebte Fußgängerpassage zum Schlossplatz. Rund um ein Gebäude mit der Aufschrift »Königsbaupassagen« gab es zahlreiche Cafés und Restaurants. Das Wetter war zwar wärmer als in Saarbrücken, dafür war die Luft drückender. Viele Menschen hatten sich für Tische im Freien entschieden. Team Grün suchte sich eine geschützte Ecke, die vom Platz aus nicht zu einsichtig war. Kim ließ ihren Blick schweifen, über die hohen Säulen der Königsbaupassagen, den Lift der U-Bahn-Station und den Pavillon am Rand der Wiese. Während sie sich noch umsah, trat eine Bedienung zu ihnen an den Tisch und zückte ihren Block. »Was darf's sein?«

»Wir hätten gerne etwas Einheimisches«, sagte Kim und biss sich sofort auf die Zunge. War das taktlos gewesen? Die Bedienung hatte ganz offensichtlich ausländische Wurzeln. Tatsächlich hob sie die Augenbrauen und sagte: »I kimm net vo do.«

Kim wurde rot. »Also ... ich ... meinte was Regionales – also ... eine Stuttgarter Spezialität.«

Die Kellnerin lachte hell auf. »Ah geh', is doch ka Problem. I kimm aus Bayern. Aber mim Ess'n kenn i mi scho aus. Wie wär's mit Maultäschle oder die Kässpätzle? Des is' hier voll ang'sagt.«

»Maultäschle und Kässpätzle?« Franzi leckte sich über die Lippen. »Das ist perfekt!«

»Endlich mal etwas Anständiges«, seufzte Jonas, als die dampfenden Teller vor ihnen abgestellt wurden. Er strahlte seine Portion Kässpätzle an.

Eine Weile aßen sie schweigend und beobachteten die Menschen, die an ihnen vorbeigingen. Dann kam Marie wieder auf den Fall zu sprechen und wandte sich an Sabine Koopmann. »Die Cousine, die Sie besuchen wollen, ist das die Tochter Ihrer Tante?«

»Cousinen sind immer die Töchter von Tanten«, sagte Jonas mit vollem Mund.

»Hätte ja auch das Kind eines Onkels sein können«, warf Franzi ein. Marie nahm einen Schluck Apfelschorle. »Ich meine die Tante, die Sie als Kind in den Ferien besuchen mussten.«

»Ja. Hedwig ist tatsächlich die einzige Tochter dieser Tante«, erklärte Sabine Koopmann. »Als Kinder haben wir uns nicht sonderlich gut verstanden, aber später hielten wir einen lockeren Kontakt – also vor dem Juwelenraub.«

Marie zerschnitt nachdenklich eine Maultasche. »Lebt Hedwig in der Wohnung ihrer Tante?«

»Ah, du denkst, die Beute könnte dort versteckt sein.« Sabine Koopmann schüttelte den Kopf. »Nein, die Wohnung gehörte meiner Tante ja nicht. Sie wurde einfach neu vermietet. Und Hedwig lebt schon seit über zwanzig Jahren in Gersthofen, das ist eine kleine Stadt in der Nähe von Augsburg.«

»Könnte Ihr Bruder die Beute vielleicht dort versteckt haben?«

»Ich glaube nicht.« Sabine Koopmann legte ihr Besteck an den Tellerrand. »Hedwig schwört, dass Jens sie nach dem Raub nicht besucht hat. Außerdem lebt sie in einem Mehrfamilienhaus im dritten Stock. Wo soll man da einen Beutel voller Juwelen verstecken, ohne dass irgendwelche Leute ihn durch Zufall finden?«

»Das stimmt«, meinte Kim, während sie ihre Gabel mit Kässpätzle belud. »Und Gersthofen hat auch nichts mit Bier zu tun.«

»Doch«, meldete sich Franzi zu Wort. »Bier wird aus Gerste gemacht. Darum heißt es doch auch Gerstensaft.«

»Woher weißt du das denn?«, fragte Marie skeptisch.

»Wir haben im Urlaub mal eine Brauerei besucht«, erklärte Franzi. »Und bevor ihr fragt, natürlich habe ich keine Kostprobe gemacht. Wo denkt ihr hin? Bier ist ekelhaft.«

»Wenn ich mich an diesem Punkt mal einmischen dürfte«, sagte Jonas, doch Marie winkte ab. »Nein, darfst du nicht. Es geht um Gersthofen, nicht um den Geschmack von Bier.«
»Ja, schon gut, Prinzessin Marie von Schuhschrank zu Klamottenburg.« Jonas grinste breit.
Marie lehnte sich selbstsicher zurück. »Ich weiß doch, dass mein Geschmack geradezu royal ist.«
»Fehlt nur das Krönchen.«
»Du Banause!« Marie hob belehrend einen Zeigefinger. »Das Tragen von Kronen und Tiaras ist natürlich streng geregelt. Beim Bahnfahren …«
»Stopp!« Kim hob eine Hand. »Ich sage nur: Juwelen, Gersthofen und Fall!«
»Schon gut, Chefin!« Marie grinste.
Franzi nahm einen Schluck Apfelschorle. »Das mit der Gerste könnte tatsächlich ein Hinweis sein, aber die besagte Tante hat doch nie in Gersthofen gewohnt. Meint ihr, dass Jens Koopmann mit seiner Tante auf deren Tochter anspielen wollte? Das wäre doch nun wirklich um die Ecke gedacht.«
»Ehrlich gesagt habe ich auch schon über Gersthofen nachgedacht«, gestand Sabine Koopmann. »Aber ich weiß nicht, wo ich dort suchen soll.«
»Wollten Sie deswegen so schnell zu Ihrer Cousine?«, fragte Kim. Sie sah der älteren Frau in die Augen. »Wollten Sie nach der Beute suchen?«
»Um ehrlich zu sein –« Sabine Koopann zögerte. »Ich habe Angst vor dem Alleinsein. Hedwig ist mir von früher geblieben und sie ist bereit, mich wieder in ihr Leben zu lassen. Das rechne ich ihr hoch

an. Aber ... natürlich möchte ich auch nach der Beute suchen. Wenn ich die Juwelen finde, kann ich sie Norbert geben. Dann habe ich endlich Ruhe vor ihm.«

»Das können Sie nicht tun«, sagte Kim entschieden. »Er ist ein Verbrecher! Sie müssen die Beute der Polizei aushändigen.«

Sabine Koopmann sah mit einem Mal sehr müde aus. »Das kann ich nicht. Norbert würde davon erfahren und sich rächen. Ihr habt keine Ahnung, wie gefährlich er sein kann.«

»Das ist wirklich eine blöde Situation«, fand Franzi.

»Wahrscheinlich werde ich die Juwelen sowieso nicht finden«, sagte Sabine Koopmann leise. »Ich kann ja schlecht sämtliche Beete vor dem Haus durchgraben. Auf dem Dachboden hat Jens die Beute bestimmt auch nicht versteckt. Da hätte Hedwig sie längst gefunden.«

»Vielleicht hat sie die Beute ja auch gefunden und es Ihnen nur nicht verraten«, warf Jonas ein.

»Hedwig?« Sabine Koopmann schüttelte den Kopf. »Die hätte alles sofort zur Polizei gebracht. Wenn ein Mensch grundehrlich ist, dann Hedwig.«

»Ich halte ein Versteck in Gersthofen für eher unwahrscheinlich«, sagte Kim.

»Unwahrscheinlich – nicht unmöglich«, wandte Marie ein. »Aber Augsburg wäre tatsächlich logischer. Oder ein anderer Ort, der mit Ihrer Tante zu tun hat.«

»Die große Frage bleibt also, wo Jens nach dem Überfall auf das Juweliergeschäft war.« Kim lehnte sich zurück.

»Konnte die Polizei herausfinden, in welchem Zug er nach Kassel-Wilhelmshöhe gefahren ist?«, mischte sich Franzi ein.

»Ich konnte darüber im Internet leider nichts finden«, gab Marie zu. »Aber der Bahnhof wird von verschiedenen Richtungen angesteuert. Da kommen in enger Taktung Züge aus Stuttgart, München, Berlin und Frankfurt an.«

Jonas sah auf seine Uhr. »So kommen wir nicht weiter. Wir sollten zahlen und dann zügig zum Bahnhof gehen.«

Marie nickte. »Ausnahmsweise hast du mal recht.«

Baden-Württemberg

Der Blautopf in Blaubeuren

Hauptstadt: Stuttgart

Größe: 35.748 km²

Wissenswert: Baden-Württemberg hat die meisten Sonnenstunden in Deutschland.

! Geheimtipp:

- Zeitreise in die Steinzeit? Im Pfahlbaumuseum in Unteruhldingen am Bodensee erfährst du, wie die Menschen in der Steinzeit gelebt haben.

WOW!

- Eine Legende besagt, dass Mönche in der Fastenzeit Fleisch in Teigtaschen verstecken wollten und so die berühmten Maultäschle erfanden. Deshalb werden sie auch »Herrgottsbscheißerle« genannt.
- Märchenhaft! Der Blautopf in Blaubeuren ist ein geheimnisvoller Ort, über den es zahlreiche Sagen und Legenden gibt. Das Wasser dieser Quelle sieht auffällig blau aus!

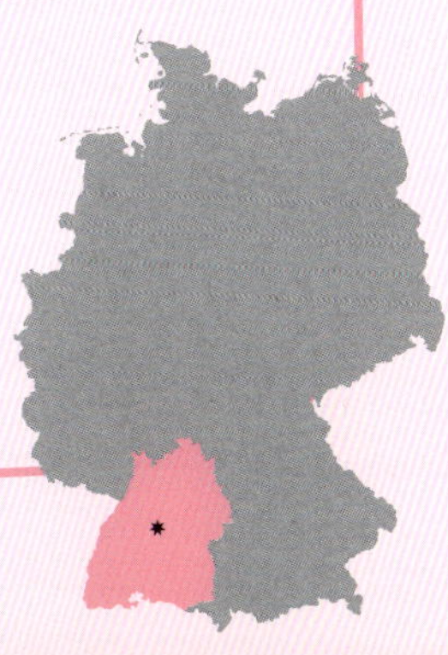

Bayern (München)

SCHON BEREIST

NOCH NICHT BEREIST

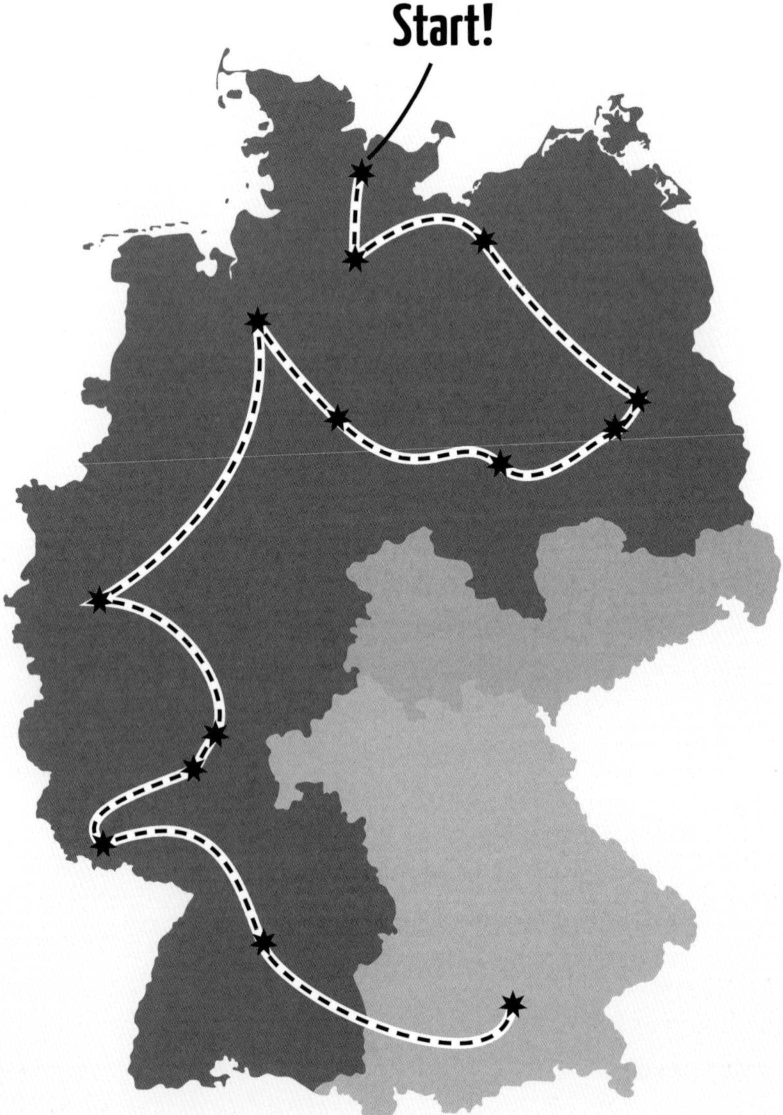

Döner im Skandalbezirk

Ich freue mich auf München. Aber eine Tour in die Berge wäre mir gerade noch lieber. Klettern, über Hängebrücken wandern und vielleicht eine Downhill-Tour mit dem Mountainbike – das wäre jetzt genau richtig. (Franzi)

Der ICE war proppenvoll. Die wenigen freien Plätze waren über den ganzen Zug verstreut.
»Für die nächste Aufgabe müsst ihr eh im Zug herumgehen«, sagte Jonas mit einem Blick auf die Karte, die Franzi im Gang vor den WCs gezogen hatte.
»Dieses Mal braucht ihr auch das Diktiergerät.« Anna wühlte in ihrem Beutel. Sie zog ein schwarzes Gerät heraus und reichte es Kim.
»Ihr sollt Fahrgäste bitten, euch eine gute Reise zu wünschen – in einer Fremdsprache oder einer deutschen Mundart. Am Ende sollen es mindestens acht Aufnahmen sein.«
»Ob wir das hinbekommen?«, fragte Kim zweifelnd.
Marie schaute auf die Zuginfo. »Der ICE kommt aus Hamburg und ist über Berlin gefahren, dann über Leipzig, Fulda, Frankfurt und Mannheim. Da kommen doch allein schon durch die einzelnen Stationen ein paar Dialekte zusammen.«
»Klar.« Franzi war optimistisch. »Ich wette, es gibt jede Menge Touristen, die nach München wollen. Dann noch zweisprachige Passagiere und Leute, die Fremdsprachen gelernt haben. Zumindest Englisch sollte doch drin sein.«
Ganz so einfach war es dann doch nicht. Das lag allerdings weniger an den Sprachen, sondern vor allem daran, dass viele Leute nicht ins

Diktiergerät sprechen wollten. In Wagen Nr. 3 versuchten die Mädchen ihr Glück bei einer kleinen Reisegruppe.

»Können Sie uns vielleicht helfen?«, fragte Kim höflich.

»Klar doch«, kam es beinahe gleichzeitig von allen vier Erwachsenen. Kim erklärte ihnen die Aufgabe.

»Von dem Spiel habe ich sogar gehört«, sagte einer der Männer. »Wunderbach ist ja schon ein bekannter Spieleverlag.«

»Bei mir in der Gegend sprechen sie Platt, aber das kann ich leider nicht«, meinte die einzige Frau der Gruppe, als Kim mit ihrer Erklärung fertig war. »Ich fürchte ich kann spontan nur Englisch beisteuern.«

»Das ist doch super.« Marie schaltete das Gerät ein und hielt es der Frau hin.

»*Have a nice trip.*«

»Ganz toll gemacht.« Der blonde Mann am Fenster musste grinsen. Die Frau lachte. »Ja. Großartig, nicht wahr? Ich sollte Hörspielsprecherin werden.«

»Bei den *Suppenhühnern*!«

Marie lächelte bemüht. »Können Sie denn vielleicht noch eine Sprache? Oder vielleicht einen Dialekt?«

Einer der Männer nickte. »Ihr habt Glück! Ich spreche zufällig Pfälzisch.«

»Und wie würden Sie dann jemandem eine gute Reise wünschen?« Marie schaltete das Gerät erneut ein.

»*Tschüss, kumm guhd aa.*«

»Super! Danke!«, freute sich Franzi.

»Wie wäre es mit Berlinerisch?«, fragte die Frau ihren Sitznachbarn. »Kannst du …«

»Echt nicht.«
Marie lächelte den Mann aufmunternd an. »Versuchen Sie es doch bitte! Es muss nicht perfekt sein.«
»Oje.« Der Mann seufzte. »Na gut. Aber ich übernehme keine Garantie: *Ick wünsch euch ne jute Reise.*«
»Geht doch«, sagte der Dritte im Bunde. »Kann denn keiner von euch Klingonisch?«
Die Erwachsenen lachten.
Die Frau überlegte. »Irgendetwas mit *leng-lij* ... oder so.«
»Echt jetzt?« Der blonde Mann lachte schon wieder los.
»Was ist Klingonisch?« Marie wurde langsam ungeduldig. Die Erwachsenen waren freundlich, aber sie machten es den Mädchen nicht gerade leicht.
»Eine außerirdische Sprache«, sagte der Mann mit dem Pfälzer Dialekt. »Geht auch Latein?«
»Hatte ich nie«, gab die Frau zu. »Ich hatte in der Schule Französisch. Darin war ich aber ziemlich schlecht.«
Der dritte Mann hatte inzwischen aufgehört zu lachen und hob die Augenbrauen. »*Bon voyage*. Das ist Französisch.«
»Stimmt«, erinnerte sich nun auch die Frau.
»Das würde ich gern aufnehmen.« Marie schaltete zum wiederholten Mal das Diktiergerät ein.
»Damit haben wir jetzt vier von acht.« Franzi nickte zufrieden. »Vielen Dank!«
»Gern geschehen und noch viel Glück bei eurem Spiel!«

Von nun an hatten die drei !!! wirklich Glück – zumindest, was die Aufgabe anging. In Wagen 4 war die Klasse 8b aus Stuttgart auf

Klassenreise. Hier bekamen die drei !!! nun auch die restlichen Aufnahmen auf einen Schlag.

»Ich spreche Russisch«, verkündete ein Junge. »Nehmt mich mal auf.«

»Geht schon los«, sagte Marie.

»*Zhelayu khoroshey poyezdki*. Hast du das?«

»Ja«, bestätigte Marie.

»Jetzt ich!« Ein Junge schob sich an seinen Freunden vorbei. »*Iyi yolculuklar!*«

»Okay«, machte Franzi. »Welche Sprache war das denn jetzt?«

»Das hört man doch!«

»Türkisch«, erklärte ein Mädchen.

»Und *safari njema* heißt auch gute Reise – auf Suaheli.«

»Alta, das Wort Safari kennt doch jeder«, spielte sich ein Junge auf. »Ich kann dafür Idiotisch: *Bla bla bla*!«

»Lars!«, sagte der Lehrer warnend.

»Ist doch wahr, Herr Müller.«

Der Lehrer seufzte. Dann wandte er sich an die drei !!!. »In Stuttgart wünschen wir auf Schwäbisch *Oi gudde Reise.*«

»Perfekt!«, freute sich Franzi. »Wir haben es geschafft.«

»Kommen wir damit ins Fernsehen?«, wollte Lars wissen.

»Oh Mann!« Sein Kumpel klatschte sich gegen die Stirn. »Die haben doch gar keine Kamera dabei.«

»Das ist nur für ein Spiel«, erklärte Marie.

»Müsst ihr nicht in die Schule?«

»Bei uns sind noch Herbstferien«, erklärte Kim.

»Ich will auch Ferien«, beschwerte sich Lars. »Wo kommt ihr eigentlich her?«

»Aus –«, setzte Franzi an, doch da stieß Marie sie unsanft in die Seite. »Da!«
»Was denn?« Franzi sah auf. Ein korpulenter Mann mit grauem Haar verschwand gerade im Gang.
»Norbert?«, fragte Kim heiser.
»Wer ist Norbert?«, wollte einer der Schüler wissen.
»Nicht so wichtig.« Kim brachte ein Lächeln zustande. »Vielen Dank für eure Hilfe. Wir müssen jetzt weiter.«

»War er das?«, fragte Franzi, als sie den Mann verfolgten.
»Die Beschreibung würde stimmen«, presste Marie hervor. »Los, kommt!«
Sie folgten dem Mann bis zum Bistro. Kim sah sich unterdessen um. Wenn das wirklich Norbert war, wo befand sich dann seine Komplizin?
»Er kauft sich einen Kaffee«, flüsterte Marie.
»Vorsichtig, dass er uns nicht sieht!« Kim drängte sich hinter eine Familie mit drei Kindern. In diesem Augenblick drehte sich der Mann um. Kim sah ihm direkt ins Gesicht. Sie sog scharf die Luft ein, dann atmete sie erleichtert wieder aus. »Er ist es nicht.«
»Bist du dir sicher?«, fragte Franzi.
»Ja. Norbert hat kein großes Muttermal auf der rechten Wange und seine Nase sah viel schmaler aus.«
»Du hast recht. Das ist er wirklich nicht«, meinte nun auch Marie.
»Uff«, machte Franzi erleichtert. »Ich dachte schon, Norbert und Roswitha hätten uns eingeholt.«

Die Jugendherberge München-Park lag in der Nähe der Isar. Sabine Koopmann begleitete Team Grün zu der Unterkunft. In der

Innenstadt war nämlich kein einziges günstiges Zimmer mehr frei gewesen.
»Wir haben Glück, dass das Oktoberfest bereits zu Ende ist«, meinte Jonas, als er die Tür zur Jugendherberge öffnete. »Sonst wäre hier auch alles dicht.«
»Das sieht auch so schon voll aus!« Kim runzelte die Stirn. Im Foyer trafen sie auf Bekannte aus dem Zug. Die Klasse 8b aus Stuttgart drängte gerade zum Anmeldetresen.
Als Anna endlich an der Reihe war, schüttelte die Angestellte der Jugendherberge bedauernd den Kopf. »Wir sind ausgebucht.«
»Was?« Marie sah die Frau entsetzt an. »Wie kann das denn passieren?«
»Es ist Klassenreisenzeit«, sagte die Frau entschuldigend. »Zudem ist heute eine riesige Liveshow in der Olympia-Halle und die *Boyzzzz* sind mit ihrer Konzert-Tour hier.«
Kim machte ein langes Gesicht. Sie kannte die Mitglieder der erfolgreichen Boygroup persönlich. Zu dumm, dass die sympathischen Jungen ausgerechnet heute auftraten. Sie waren ein echter Publikumsmagnet.
»Dann müssen wir uns eben ein Hotel suchen.« Anna schulterte ihren Rucksack. »Kommt mit, sonst werden unsere Chancen immer kleiner.«
»Na, wen haben wir denn da?« Tobi und Leon vom Team Gelb kamen auf die Gruppe zu.
»Auch hier?«, fragte Marie matt.
Tobi nickte. »Wir haben schon vor zwei Stunden eingecheckt. Und vorher haben wir noch krass Punkte gemacht.«
»Ihr habt also noch Zimmer bekommen?«, fragte Franzi empört.

»Wer zuerst kommt, gewinnt.« Tobi lächelte überlegen. »Aber ihr könnt ja zum Trost zu den *Suppenhühnern* gehen – falls ihr noch Karten bekommt.«

»Wie bitte?« Marie starrte den Jungen fassungslos an.

»In der Bahn saßen total viele Fans. Habt ihr die T-Shirts nicht gesehen?« Tobis Grinsen wurde noch breiter. »Ihr seid vermutlich so gut wie blind.«

»Und jetzt sagt nicht, dass ihr noch nie etwas von den *Suppenhühnern* gehört habt. Das müsste doch voll euer Ding sein. Oder gehört ihr zu den Kreisch-Tussen, die Nick Voss von den *Boyzzzz* anschmachten?«

Kim schnaubte verächtlich. Natürlich kannte sie die *Suppenhühner*. Wer kannte die nicht. Es handelte sich schließlich um eine sehr berühmte Kinderserie. Sie selbst hatte die Hörspiele als Kind gehört, genau wie ihre eigene Mutter. Frau Jülich besaß sogar noch die Schallplatte von der legendären Folge 1: »Werwölfe im Hühnerstall«. Dass nun aber ausgerechnet eine Liveshow in München stattfinden sollte, hatte Kim nicht gewusst.

»Es kleben überall Plakate!« Leon klatschte sich mit der Hand gegen die Stirn. »Und ihr habt die nicht gesehen?«

»Die waren bestimmt damit beschäftigt, die anderen Plakate abzuknutschen.« Tobi machte Kussgeräusche. »Oh Nick! Oh Nickilein! Du bist der tollste Boy der Welt!«

»Nick Voss ist ein Freund von uns«, sagte Marie gelassen. »Und wir haben es garantiert nicht nötig, Plakate anzuschmachten. Das überlassen wir euch.«

»Hochmut kommt vor dem Fall. Viel Glück bei der Suche nach einem Quartier«, sagte Tobi gehässig. »In der Allianz Arena spielt heute übrigens auch noch der FC Bayern München. So viel zu euren Chancen.«

Auf dem Weg in die Stadt sahen die drei !!! dutzende von roten Plakaten mit der Aufschrift »*Die Suppenhühner – Die Würgeschlange von Gockelheim, LIVE im Olympia-Stadion*«.
»Die waren doch vorher nicht da«, meinte Franzi.
»Man sieht nur das, was man gerade auf dem Zettel hat«, antwortete Kim bedrückt. »Wir haben selbst die *Boyzzzz* nicht entdeckt. Dabei hängen die auch überall.«

In der Innenstadt stiegen sie aus dem Bus und gingen zu Fuß weiter.
»Ach du Schande«, ächzte Anna, als sie auf die Schillerstraße stießen. Beleuchtet von Glühbirnen in allen Farbrichtungen erstreckten sich vor ihnen Spielcasinos, Diskotheken, Nachtclubs und Bars.
»Hier kann man die Hotels vermutlich nur stundenweise buchen.« Sabine Koopmann unterdrückte ein Lachen.

»Oma!«, sagte Anna betroffen.
»Ich mag es, wenn du mich Oma nennst.« Sabine Koopmann lächelte. »Selbst, wenn es vorwurfsvoll klingt.«
»Wir müssen hier lang«, meinte Jonas mit einem Blick auf sein Handy. Er hatte einen Stadtplan mit Touristeninfos aufgerufen. »Es gibt ein paar günstige Pensionen in der Nähe.«
»Wir können mit den Kindern nicht hier durch.« Anna blieb stehen.
Jonas drehte sich genervt um. »Sie können sich ja die Augen zuhalten.«
»Warum denn?« Sabine Koopmann musste schmunzeln. »Die Mädchen werden wohl kaum dem Spielwahn verfallen, weil sie ein Casino-Schild sehen.«
»Und in die Kneipen müssen wir ja nicht reingehen«, bekräftigte Jonas. »Ihr habt Franzi heute doch gehört: Sie trinkt kein Bier.«
Anna gab zögernd nach. »Aber wir bleiben nirgendwo stehen. Wir gehen geradewegs zu den Pensionen!«
»Wer reist, muss auch etwas zu erzählen haben.« Frau Koopmann grinste die Mädchen an. »Jetzt könnt ihr, ohne zu lügen, behaupten, dass ihr mit einer echten Juwelendiebin im Münchner Skandalbezirk wart.«
Anna gab einen verzweifelten Laut von sich und wollte losstapfen. Doch Jonas hielt sie am Jackenärmel fest. »Moment! Erst ein kleiner Imbiss. Wir brauchen alle eine Stärkung.«

Zehn Minuten später folgten Marie, Franzi und Kim den Erwachsenen durch die bunte Nacht. Jeder von ihnen hielt einen Döner in der Hand. Aus einer Bar tönten fröhliche Oktoberfest-Hits, eine

Disko spielte über Außenlautsprecher bekannte Lieder aus den 80ern. »*Skandaaaal*«, sang Marie gut gelaunt mit.
Kim sah sich um. »Ohne die *Suppenhühner*, die Klasse 8b, die *Boyzzzz* und den FC Bayern München würden wir jetzt wohl mit den Jungen in der Jugendherberge sitzen.«
Franzi wich einer Gruppe von Männern mit Lederhosen und Herzchenbrillen aus, die lautstark einen Junggesellenabschied feierten. »Der Abend ist total verrückt. Aber auch echt lustig.«

In der Pension gab es nur ein Gemeinschaftsbad pro Etage. Der Fahrstuhl war so alt, dass sie ihr Gepäck lieber über die knarrenden Treppen in den vierten Stock trugen, und die Musik einer nahe gelegenen Disco drang trotz geschlossenen Fenstern bis in die Zimmer. Den drei !!! war das egal. Sie waren müde und froh, eine Unterkunft gefunden zu haben. Im Halbschlaf sang Marie ein Lied von den *Boyzzzz* mit. Kim zog die Decke bis unter das Kinn. Bevor sie darüber nachdenken konnte, wie das Lied hieß, war sie auch schon eingeschlafen.

Gefühlt waren erst ein paar Minuten vergangen, als schon wieder der Wecker klingelte. Nach einer Katzenwäsche eilten die Mädchen in den Frühstücksraum, der eine Etage tiefer lag.
Er war recht eigenwillig dekoriert. Überall hingen Fotos von Gartenzwergen. Gartenzwerge in Morgenmänteln, Gartenzwerge im Bikini und Gartenzwerge mit Sektgläsern. Es gab auch Gartenzwerge im Outfit von Motorrad-Rockern, Gartenzwerge auf dem Klo und finster dreinblickende Gartenzwerge mit Schrotflinten.
»Selbst wenn ich die Augen schließe, sehe ich Zwerge«, beschwerte sich eine Frau am Nachbartisch bei ihren Freundinnen. Sie sahen

übernächtigt aus und trugen alle Fanshirts von den *Suppenhühnern*. Anscheinend waren sie bei der Liveshow gewesen und hatten anschließend gefeiert.

»Mir geht es ähnlich«, gestand Marie. Sie schnitt sich eine Laugenbrezel auf und bestrich sie dünn mit Butter.

»Meine Tante stand total auf Gartenzwerge.« Sabine Koopmann nahm einen Schluck Kaffee. »Ich habe mal furchtbar Ärger bekommen, weil ich einen Zwerg von ihr kaputt gemacht habe. Dabei war es keine Absicht. Ich musste zur Strafe den ganzen Tag Unkraut jäten.«

»Ich dachte, Ihre Tante hat in einer Mietwohnung gelebt«, warf Franzi ein.

»Hat sie auch.« Sabine Koopmann stellte die Tasse wieder ab. »Aber sie hatte auch eine Parzelle in einem Schrebergarten.«

»In Augsburg?« Kim horchte auf.

»Ja, mitten in Augsburg.« Sabine Koopmann blickte auf ihren Teller. »Ich schätze, Hedwig hat ihn schon vor Jahren abgegeben. Sie macht sich nämlich genauso wenig aus Gartenarbeit wie ich.«

»Könnten Sie das überprüfen?«, bat Kim.

»Der Garten war garantiert schon verkauft, als Jens die Beute versteckt hat. Macht euch keine großen Hoffnungen«, sagte Sabine Koopmann. Trotzdem ging sie gleich nach dem Frühstück aufs Zimmer, um ihre Cousine anzurufen. Als sie zurückkam, waren ihre Wangen gerötet. »Unerwartete Neuigkeiten.«

»Hat sie den Garten noch?«, fragte Kim.

»Nein«, antwortete Sabine Koopmann. »Aber dafür hat Hedwigs Exmann Gerd die Parzelle übernommen.«

»Und das wussten Sie nicht?«, fragte Franzi verwundert.

»Nein«, gab Sabine Koopmann zu. »Hedwig und ich haben nie über den Garten gesprochen. Und ihr Exmann war auch nicht gerade ein beliebtes Thema.«
Kim setzte sich kerzengerade hin. »Kann es sein, dass Jens nach dem Raubüberfall mit der Beute nach Augsburg gefahren ist? Aber nicht etwa zu seiner Cousine Hedwig, sondern zum Kleingartenverein? Vielleicht hat er in der Gartenhütte übernachtet, seine Beute versteckt und ist dann weitergefahren.«
»Das kann sein«, sagte Sabine Koopmann tonlos. »Jens war nämlich ein alter Kumpel von Gerd.«
»Dem Exmann von Ihrer Cousine Hedwig?«, hakte Marie nach.
»Ja. Wir waren als Jugendliche oft zusammen unterwegs. Damals mochten wir Gerd lieber als Hedwig. Aber irgendwann ist der Kontakt abgebrochen. Zumindest bei mir.«
»Wahrscheinlich ist Jens davon ausgegangen, dass Sie wussten, dass Gerd die alte Parzelle Ihrer Tante übernommen hat«, fügte Marie hinzu.
»Ich stand wohl ganz schön auf dem Schlauch«, sagte Sabine Koopmann kopfschüttelnd. »Aber Gerd hatte ich gar nicht mehr auf dem Zettel.«
»Umso besser, dass Sie bei Hedwig nachgefragt haben«, sagte Kim.
»Wir sind also vermutlich einen Schritt weiter«, meinte Franzi. »Aber es bleibt das Rätsel um das Bier.«
»Vielleicht haben sich Jens und Gerd dort öfter auf ein Bier getroffen?«, mischte sich nun auch Jonas ein.
»Nein, das wäre doch kein Hinweis auf ein Versteck«, dachte Kim laut nach. »Es sei denn, es stehen Bierkästen oder ein Bierfass im Garten.«

»Dann hätte Gerd die Beute doch längst entdeckt.« Sabine Koopmann fuhr sich mit der Hand durch die grauen Haare. »Aber wisst ihr was? Meinte Tante hat damals immer gesagt, dass der Garten ihr Paradies sei … ihr Himmel auf Erden.«

Franzi beugte sich aufgeregt vor. »Dann hat Ihr Bruder auf jeden Fall den Garten gemeint.«

»Wir sollten hinfahren«, fand Kim. »Augsburg liegt ja fast um die Ecke.«

»Nein«, sagte Jonas entschieden. Er schlug mit der flachen Hand auf den Tisch. »Das geht zu weit.«

»Es ist nur ein kleiner Umweg.« Marie hatte ihr Handy gezückt. »Von Augsburg aus nehmen wir den Zug nach Erfurt. Dabei setzen wir den Joker ein. So können wir nach dem Foto auf dem Bahnsteig sofort in den Zug nach Leipzig steigen.«

»Heute Abend sind wir pünktlich am Ziel«, versprach Kim. »Und wir gewinnen.«

»Ich bin dagegen.« Jonas verschränkte die Arme.

»Es ist zu gefährlich«, fand auch Anna.

»Wir haben Norbert und Roswitha abgehängt«, versicherte Marie. »Sonst wären die hier doch längst aufgetaucht.«

»Wir schauen ja auch nur kurz nach«, versprach Kim. »Danach geht es gleich weiter.«

»Es wäre doch toll, wenn wir zum großen Finale auch noch die Beute mitbringen. Das wird eine Überraschung«, meinte Franzi.

»Ich weiß nicht.« Sabine Koopmann zögerte noch. »Wenn ich Norbert die Juwelen nicht gebe …«

»Wir finden einen Weg«, versprach Marie. »Aber wir dürfen jetzt keine Zeit verlieren.«

Bayern (Augsburg)

SCHON BEREIST

NOCH NICHT BEREIST

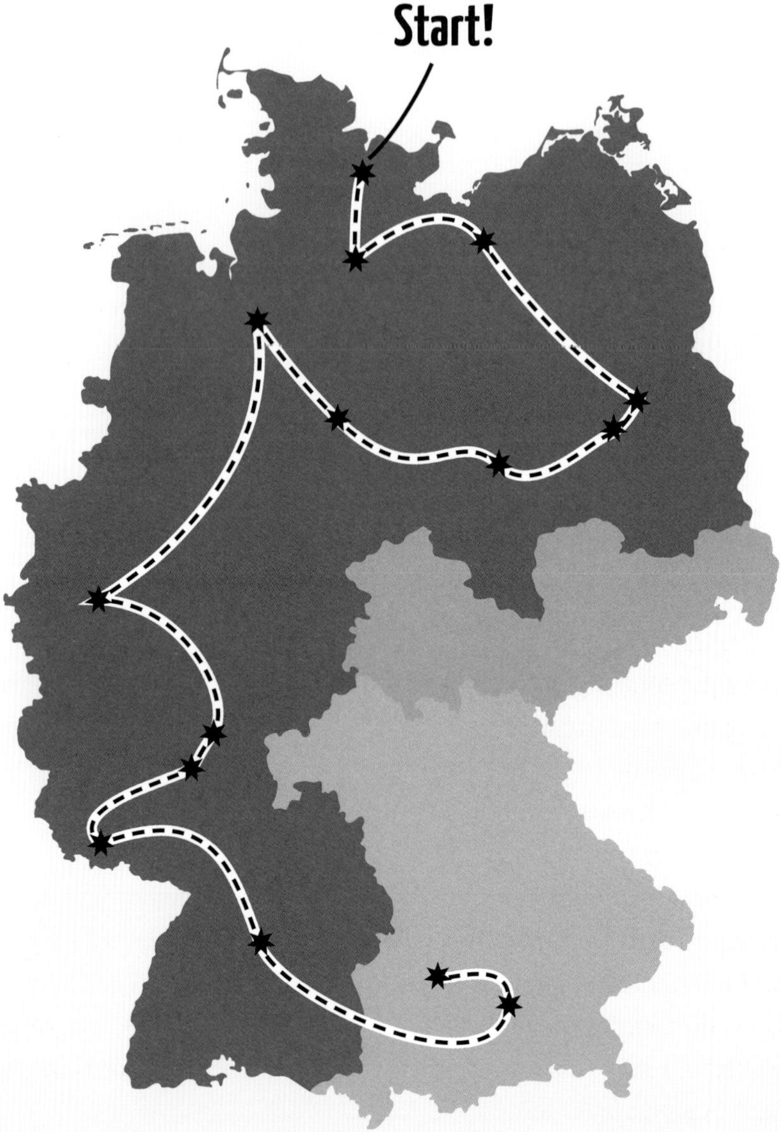

Gefährliche Abwege

»Wir müssen die Polizei rufen!« (Marie)

Die Zugfahrt nach Augsburg dauerte weniger als eine halbe Stunde. Trotzdem war Jonas das reinste Nervenbündel. Immer wieder sah er auf die Uhr, spähte auf sein Handy oder trat nervös von einem Bein aufs andere. »Team Gelb gewinnt und ihr wollt euch irgendwelche Schrebergärten ansehen. Ich wette, ich bekomme heute noch einen Herzinfarkt.«

»Sei doch nicht so pessimistisch«, versuchte Kim ihn zu beruhigen. »Falls die Jungen eine Rätselkarte falsch beantworten, sind wir wieder im Rennen.«

»Darauf würde ich nicht vertrauen.« Jonas checkte erneut sein Handy. »Noch kein Update von Team Gelb.«

»Mit etwas Glück haben sie verschlafen.« Marie sah aus dem Fenster. »Wir sind in Augsburg.«

»Wie immer machen wir einen Sicherheitscheck«, meinte Kim beim Aussteigen. »Wir dürfen nicht verfolgt werden.«

»Niemand weiß, dass wir hier sind«, entgegnete Marie. »Augsburg ist weder eine Landeshauptstadt, noch liegt es auf dem direkten Weg zu unserem nächsten Ziel.«

»Wir bleiben trotzdem vorsichtig«, mahnte Kim.

Nach ein paar Minuten beruhigte sie sich jedoch. Niemand folgte Team Grün zur Kleingartenanlage.

»Ich weiß nicht, ob ich die Parzelle auf Anhieb finde.« Sabine Koopmann blieb vor dem Tor stehen. »Seit den frühen 70er Jahren hat sich hier bestimmt einiges verändert.«

»Versuchen Sie sich zu erinnern«, bat Marie. »Jens ist davon ausgegangen, dass Sie das Grundstück wiedererkennen. Dann kann es sich nicht komplett verändert haben.«
Kim ließ ihren Blick über die Wege schweifen. Links und rechts befanden sich ordentlich gestutzte Hecken. Dahinter wuchsen knorrige Obstbäume, leuchtend bunte Herbstastern und die letzten Rosen des Jahres. Die Gärten waren unterschiedlich gestaltet. Bei drei Grundstücken zögerte Sabine Koopmann kurz, bei einem blieb sie länger stehen. Doch dann schüttelte sie den Kopf. »Ich finde das nie und nimmer.«
»Schließen Sie die Augen«, empfahl Marie. »Denken Sie an früher. Vielleicht an einen Tag, an dem Sie mit Jens hier waren. Lassen Sie die Erinnerungen einfach auf sich wirken.«
Sabine Koopmann seufzte. »Ich kann es ja mal versuchen.«
»Wir haben Zeit«, sagte Marie ruhig. Jonas neben ihr verschränkte die Arme und schnaubte, doch Franzi stieß ihn an und schüttelte wortlos den Kopf.
»Meine Tante hatte einen Birnbaum. Ich weiß noch, dass wir die Dinger im Herbst aufsammeln mussten. Jens und ich wollten so gerne Fußball spielen. Und dann ist der Ball in den Teich gefallen.«
»Ein großer Teich?«, hakte Kim nach.
»Nein, ziemlich klein und flach – mit Steinen umrahmt und einem Froschkönig aus Ton.« Ihr Mund verzog sich zu einem leichten Lächeln. »Dieser Frosch war die einzige Figur im Garten, die ich mochte.«
»Lassen Sie die Gedanken einfach schweifen«, sagte Marie, als würde sie eine Meditation anleiten. »Denken Sie an warme Sommer im Garten, Jens auf der Wiese, Birnen, den Froschkönig …«

»Da war eine Terrasse und so etwas wie eine Pergola – bewachsen mit Wein oder Efeu. Und … orange-braun gestreifte Gartenstühle.«
Jonas trat erneut ungeduldig von einem Bein aufs andere. »Die gibt es jetzt garantiert nicht mehr.«
»Aber vielleicht den Wetterhahn.« Sabine Koopmann öffnete die Augen. »Der war auf dem Dach der Laube angebracht.«
»Ein Birnbaum, ein kleiner Teich, ein Wetterhahn und vielleicht eine Pergola.« Marie sah ihre Freundinnen an. »Das ist nicht viel, aber vielleicht reicht das schon.«
Von nun an sahen sich alle gründlich um. Sie waren eben um eine Ecke gebogen, als Franzi stehen blieb. »Ein Wetterhahn!«
»Tatsächlich.« Anna eilte auf das Grundstück zu. »Und es gibt einen alten Birnbaum!«
»Ist es das?«, fragte Kim aufgeregt.
Sabine Koopmann musterte die Parzelle mit der kleinen braunen Laube. Eine Pergola gab es hier nicht, dafür befand sich rechts hinter dem Zaun ein kleines Becken mit Seerosen. Ein dicker Frosch saß auf einem Stein. Allerdings war es ein neues Exemplar aus Plastik mit Augen aus LED-Lichtern.
»Das muss es sein!« Sabine Koopmann nickte. »Gerd hat wirklich kaum etwas verändert. Nur die Beete sind jetzt viel schöner, die Terrasse ist neu und der Frosch ist ein anderer.«
»Bingo!«, sagte Franzi zufrieden.
»Und jetzt?«, fragte Anna. »Können wir das Grundstück einfach betreten?«
»Gerd wird nichts dagegen haben«, meinte ihre Großmutter. »Er ist ein netter Kerl und wir haben uns früher gut verstanden.«
»Na dann.« Anna setzte sich zögerlich in Bewegung.

»Noch immer keine Neuigkeiten von Team Gelb.« Jonas steckte sein Handy ein. »Von mir aus könnt ihr euch kurz umsehen.«
»Das sind ja ganz neue Töne aus deinem Mund.« Marie grinste.
»Lach nur.« Jonas sah sie finster an.
Kim drückte die Klinke der Gartenpforte runter. »Wir suchen jetzt einen Hinweis auf Bier.«
»An einigen anderen Lauben hingen alte Werbeschilder von einheimischen Biersorten«, sagte Franzi.
Doch an dieser Laube hingen nur eine Blumenampel und ein Igel aus Holz.
»Ich schätze, wir sind komplett auf dem falschen Dampfer«, meinte Anna.
Jonas sah sie entgeistert an. »Sagt jetzt nicht, dass wir unnötig Zeit verplempert haben.«
»Das haben wir nicht! Ich habe gerade einen Biertrinker entdeckt.« Kim deutete auf ein Beet mit leuchtenden Dahlien. Zwischen den Blumen saß ein Gartenzwerg, der seine besten Jahre schon lange hinter sich hatte. Er war mehrfach geklebt. Dennoch lachte er seine Betrachter froh an, einen Bierhumpen in der rechten Hand.
»Die alte Suffmütze hatte ich total vergessen.« Sabine Koopmann beugte sich vor. »Der war schon damals da. Früher gehörte noch ein weiblicher Zwerg im Dirndl dazu.«
»Solche Figuren sind manchmal innen hohl«, überlegte Kim. »Jens könnte die Beute hineingeschoben haben. Danach hat er das Loch wieder zugekittet. Das ist bei all den anderen Reparaturen vermutlich gar nicht aufgefallen.«
»Es gibt nur einen Weg, das herauszufinden«, mischte sich Jonas ein. »Ihr müsst dieses epische Kunstwerk zerschlagen.«

Kim seufzte. »Das ist Sachbeschädigung.«

»Und Gerd scheint an den Figuren zu hängen«, fügte Sabine Koopmann hinzu. »Sonst hätte er den längst entsorgt.«

»Wir haben nicht den ganzen Tag Zeit.« Jonas sah aus, als wäre der Teufel persönlich hinter ihm her. »Jetzt haut das Ding um und dann ist gut.«

»Vielleicht kann man es vom Sockel brechen, ohne es komplett zu beschädigen.« Marie versuchte ihr Glück. Mit Franzis Hilfe gelang es ihr, den Zwerg von der Bodenplatte zu lösen.

»Und?«

»Da ist tatsächlich etwas drin.« Marie spähte durch das Loch in den Füßen des Zwergs. »Plastik.«

Zwei Minuten später hielt Marie einen Beutel in der Hand. Er war mehrfach mit Klebeband gesichert. »Der ist ganz schön schwer.«

»Reiß ihn auf!« Jonas' Stimme kippte.

»Mach ich ja schon.« Marie war bereits dabei. Sie zerrte und riss an dem Plastik, bis sie einen goldenen Schimmer sah. »Eine Kette!« Sie zog daran.
Kim sprang ihrer Freundin zu Hilfe. Immer mehr Schmuckstücke kamen zum Vorschein. Ohrringe mit großen Smaragden, Perlenketten, Broschen mit Rubinen und Saphiren, Ringe aus Gold oder Platin und Armbänder mit Anhängern aus verschiedenen Edelsteinen.
»Wir haben die Beute gefunden!« Anna staunte nicht schlecht.
Kim besah sich die Schmuckstücke. »Damit können wir auf keinen Fall zu Fuß durch Augsburg laufen.«
»Das finde ich auch.« Marie schob die Schmuckstücke zurück in die Plastiktüte. »Wir müssen die Polizei rufen. Die können ab hier übernehmen.«
»Nein.« Jonas trat einen Schritt vor. »Dann hängen wir hier fest! Bis die Beamten alles mit uns geklärt haben, ist Team Gelb wahrscheinlich schon in Dresden angekommen und feiert den Sieg.«
»Ich fürchte, ich muss das machen«, meinte Sabine Koopmann mit sorgenvoller Miene. »Es führt ja letztendlich kein Weg daran vorbei.«
»Wir müssen uns kurz besprechen«, sagte Kim.
»Meine Güte.« Jonas fuhr sich mit beiden Händen durch die Haare. »Ich drehe hier gleich durch.«
»Es geht ganz schnell.« Die drei !!! setzten sich hinter die Laube.
»Ich traue Sabine Koopmann nicht«, fing Franzi an. »Sie wird doch garantiert nicht zur Polizei gehen und das Zeug abgeben. Viel eher reißt sie sich den Schmuck entweder selbst unter den Nagel oder sie gibt ihn Norbert und Roswitha.«

»Aber wir können mit der Beute nicht bis nach Leipzig fahren«, warf Marie ein. Sie hielt die Plastiktüte mit dem Schmuck noch immer in der Hand. Die Edelsteine funkelten verheißungsvoll durch das Loch im Plastik.
Kim biss sich auf die Unterlippe. »Wir könnten Kommissar Peters anrufen.«
»Und dann?« Franzi wirkte nicht überzeugt. »Ich finde, wir sollten hier in Augsburg zur Polizei gehen. Auch wenn wir dann vielleicht nicht gewinnen.«
»Ich habe eine Idee!«, sagte Marie.

»Ich habe eine Idee!«, sagte auch Jonas, als sie kurz darauf wieder zu den anderen traten. »Wir mauern den Schmuck wieder in dem blöden Zwerg ein.«
»Das geht doch nicht«, wandte Anna ein.
»Doch«, sagte Jonas mit Nachdruck. »Wir beenden zuerst das Spiel. Sobald wir gewonnen haben, verständigen wir die Polizei. Die können hier in den Garten fahren und die Beute sicherstellen. Spiel gewonnen, Fall gelöst.«
Anna warf einen skeptischen Blick auf den Plastikbeutel in Maries Händen. »Wäre das nicht zu riskant?«
Jonas deutete auf die Beete. »Der Schmuck hat jahrelang in diesem Garten gelegen. Da macht doch ein Tag mehr nichts aus!«
»Wir haben keinen Zement«, mischte sich Sabine Koopmann ein.
»Den brauchen wir auch nicht. Packt das Ding in den Zwerg und stellt den wieder zwischen die Blumen. Das wird schon halten.« Jonas zückte sein Handy. »Ich gucke solange mal, wann der nächste Zug nach Erfurt geht.«

»Das ist gegen die Regeln«, mahnte Anna. »Die Mädchen müssen die Verbindungen selbst heraussuchen.«
»Ich gucke ja nur nach, um mich zu beruhigen.« Jonas' Finger zitterten, als er das Display berührte.
»Du nimmst das Spiel zu ernst.« Anna schüttelte seufzend den Kopf. Sie drehte sich zu den Mädchen. »Aber im Grunde ist die Idee von Jonas gar nicht so schlecht. Verstecken wir den Schmuck wieder?«
»Ja, machen wir.« Marie war schon dabei, die Plastiktüte wieder in den Zwerg zu stopfen.
Kim beobachtete Sabine Koopmann genau. Die Frau war blass, aber sie wirkte auch entschlossen. »Von mir aus können wir die Sachen hierlassen. Dann müssen wir sie nicht transportieren. Aber ich gehe jetzt gleich zur Polizei. Dann ist die Sache erledigt.«
»Wir kommen aber nicht mit.« Jonas sah vom Handy auf. »Wir müssen direkt zum Bahnhof.«
»Heißt das, dass wir uns jetzt verabschieden?«, fragte Anna ihre Großmutter. Die nickte. »Ich fahre heute Abend zu Hedwig nach Gersthofen. Von hier aus fährt die Straßenbahn.«
»Wir können aber nicht sichergehen, dass Sie wirklich zur Polizei gehen«, warf Franzi ein.
Marie nickte. »Frau Koopmann, wir möchten Ihnen gern vertrauen, aber wir dürfen nicht riskieren, dass Sie die Beute holen, sobald wir im Zug nach Erfurt sitzen.«
»Jetzt reicht es aber!« Jonas riss Marie den Gartenzwerg aus der Hand und stellte ihn im Beet ab. »Wir gehen jetzt!«
»Aber wir besprechen doch gerade ein wichtiges Thema!«, wandte Kim ein.

»Das können wir auch auf dem Weg zum Bahnhof klären.« Jonas setzte sich in Bewegung. »Nun kommt schon.«
Anna zuckte mit den Schultern. »Da will aber jemand ganz schnell auf die Zielgerade kommen.«
»Vielleicht hat er mit den Betreuern von Team Gelb eine Wette abgeschlossen«, meinte Franzi, als sie Jonas zur Gartenpforte folgten.
Sabine Koopmann achtete nicht auf den Betreuer. Sie drehte sich zu Kim. »Ich habe eine Idee. Ihr ruft die Polizei vom Handy aus an. Sagt Ihnen, was los ist und dass ich jetzt sofort hinkomme. Ihr könnt danach weiter zum Bahnhof.«
»Verlieren wir so nicht zu viel Zeit?«, fragte Anna mit einem Blick auf Jonas.
»In der Nähe von Hauptbahnhöfen gibt es eigentlich immer Polizeiwachen, oder?« Marie hatte bereits ihr Handy gezückt und rief nun den Stadtplan von Augsburg auf.
»Beeil dich bloß«, meinte Franzi. »Sonst kippt Jonas vor Stress noch um. Er sieht schon ganz grün aus.«
»Volltreffer, ich habe eine Wache gefunden.« Marie sah vom Display auf. »Keine zehn Minuten Fußweg vom Bahnhof entfernt.«
»Dann gehen wir jetzt sofort hin«, drängte Franzi.
»Erst noch anrufen«, bat Kim.
Jonas war ein paar Schritte zu ihnen zurückgegangen. »Wir gehen jetzt zur Polizei und rufen erst an, wenn wir vor der Tür stehen. Sonst verlieren wir zu viel Zeit.«
»Es ist doch egal, wann wir da anrufen«, meinte Anna.
»Nein! Ist es nicht.« Jonas' Augen flackerten unruhig. In diesem Moment meldete sich Kims Bauchgefühl. Etwas stimmte nicht. »Warum hast du es so eilig?«

»Warum ich es so eilig habe? Ich will, dass ihr das Spiel gewinnt!« Die Stimme von Jonas überschlug sich erneut. Seine Wangen waren stark gerötet und auf seiner Stirn bildeten sich feine Schweißperlen.
»Okay.« Kim nickte. Es war an der Zeit zu improvisieren. »Dann rufen wir die Polizei später. Aber ich muss leider noch mal kurz zurück zur Laube. Mein Handy ist mir dort wohl aus der Jackentasche gefallen.« Sie drückte Franzi ihr Gepäck in die Hand und spurtete los. Die Reaktion von Jonas wartete sie gar nicht erst ab.

Als Kim kurz darauf wieder hinter der Laube hervortrat, wartete Team Grün noch an der Pforte. Das Erste, was Kim auffiel, war, dass ihre Freundinnen stocksteif dastanden, den Blick auf den Weg gerichtet. Sabine Koopmann sah aus, als wäre ihr gerade der Teufel persönlich begegnet. Jonas gab ein seltsames Geräusch von sich. Nur Anna verstand ganz offensichtlich nicht, was los war. In Kims Bauch kribbelte es. Keine Frage, jemand kam über den Weg auf das Team zu. Kim hatte auch schon eine düstere Ahnung, um wen es sich handelte. Sie duckte sich hinter ein riesiges Regenfass und spähte vorsichtig zur Hecke. Wenige Sekunden später wurde ihr Verdacht bestätigt. Ein älterer Mann mit Brille und eine Frau mit schwarzen Locken tauchten in ihrem Blickfeld auf. Beide hielten eine Pistole in der Hand.
»Sabinchen!«, rief der Mann. »Wie schön, dass wir uns wiedersehen. Alte Liebe rostet doch nie.« Seine Stimme war tief, aber gleichzeitig hart und kalt.
»Norbert.« Sabine Koopmann starrte den Mann an. »Was willst du hier?«

Der Mann verzog seinen Mund zu einem bösartigen Lächeln. »Ein Vögelchen hat mir gezwitschert, dass sich der Blick unter einen trinkfreudigen Gartenzwerg lohnt.«
Marie drehte sich zu Sabine Koopmann um. »Sie haben uns reingelegt?«
»Das habe ich nicht«, sagte die ehemalige Juwelendiebin erbost.
Kim musste sich sehr anstrengen, um jedes Wort zu verstehen. Zum Glück stand der Wind günstig.
»Nein, Sabinchen. Das hast du nicht. Leider.« Norbert machte noch einen Schritt vor, die Waffe erhoben. »Ich hatte so gehofft, dass du auf einen Alleingang verzichtest. Du weißt doch, wie ungern ich auf Amateure setze.«
»Amateure«, wiederholte Franzi.
Marie war inzwischen schon einen Schritt weiter. »Sie haben Jonas am Bahnhof in Bremen abgefangen, nicht wahr? Deshalb hatte er eine blutige Nase!«
»Schlaues Mädchen.« Roswitha schenkte Marie ein kaltes Lächeln.
»Die beiden haben mich total unter Druck gesetzt!«, verteidigte sich Jonas.
»Halt die Klappe!« Norbert deutete auf Franzi, die direkt neben der Pforte stand. »Du da mit den roten Zöpfen: Du holst den Zwerg.«
»Und zwar dalli«, fügte Roswitha hinzu.
Mit hängenden Schultern ging Franzi zum Blumenbeet. Aus dem Versteck heraus konnte Kim gerade noch erkennen, dass ihre Freundin sich bückte.
»Gut so!«, bellte Norbert.
»Lasst uns gehen«, forderte Sabine Koopmann von ihrem Exfreund.
»Bevor noch jemand kommt und die Polizei ruft.«

»Das hättest du wohl gerne«, knurrte Norbert. »Aber wir gehen erst einmal alle in die Hütte da und sehen uns an, was im Zwerg steckt. Nicht, dass du uns austricksen willst.«
»Die Laube ist bestimmt zu.« Annas Stimme war leise und zitterte.
Norbert zog eine seiner buschigen Augenbrauen hoch. »Ein lächerliches Schloss hat uns noch nie aufgehalten. Sabine, mach die Tür auf.«
Es dauerte nur kurz, bis Sabine Koopmann unter Roswithas strengem Blick das Schloss geknackt hatte. Norbert hielt unterdessen die Mitglieder von Team Grün in Schach. Er ließ Franzi und den Zwerg nicht aus den Augen. Auch nicht, als er rückwärts durch die offene Tür in die Laube ging. »Ihr folgt mir jetzt alle! Roswitha geht hinter euch. Und versucht nicht, uns hereinzulegen. Das würdet ihr bitter bereuen!«

Kim spähte vorsichtig durch eines der Fenster. Zum Glück drehten ihr Roswitha und Norbert den Rücken zu. In der Laube herrschte ein staubiges Zwielicht. Roswitha drückte gerade auf einen Lichtschalter neben der Tür. Eine funzelige Lampe aus Korbgeflecht flackerte auf.
»Alle setzen sich auf den Boden und halten die Hände hoch«, forderte Norbert. Kim konnte die Stimme gedämpft durch das dünne Fensterglas hören. »Nur du nicht, Rotschopf.« Er deutete erneut auf Franzi. »Zeig mir, was in dem Zwerg ist!«
»Mach schon«, forderte Roswitha.
Mit zitternden Fingern zupfte Franzi die Plastiktüte hervor. »Ich kann nicht so schnell.«
Im Inneren klimperte es. An der aufgerissenen Stelle glitzerten ein paar bunte Steine. Etwas Silbernes funkelte im spärlichen Licht.

»Das sieht gut aus.« Norbert kam langsam näher.
Kim wurde ungeduldig. Sie musste etwas tun, bevor der Plan der drei !!! nach hinten losging. Ihr Blick löste sich von Franzi und der Plastiktüte. Stattdessen schaute sie sich um. Gab es etwas, womit sie ein Ablenkungsmanöver durchführen konnte? Zum Beispiel etwas, womit sie ein Feuer machen konnte? Oder etwas, das knallte? Doch dann entdeckte sie etwas Besseres. An der Nachbarlaube war eine altmodische Alarmanlage angebracht – eine rote Lampe, auf einem weißen Kasten. Kim versuchte, sich daran zu erinnern, wie diese Systeme funktionierten. Sie hatte es bei vergangenen Fällen schon mehrfach mit verschiedenen Alarmanlagen zu tun gehabt. Hoffentlich reichte ihr Wissen aus. Jetzt musste es schnell gehen. Geduckt huschte sie zur Hecke und stieg über den niedrigen Jägerzaun, der dahinter lag. Die Fenster der Laube vor ihr waren schlampig gesichert. Eine abenteuerliche Verkabelung führte vom Rahmen bis zu dem weißen Kasten. Kim rüttelte am Fenster und an den Kabeln. Sie befürchtete schon, die Scheibe einschlagen zu müssen, als der Alarm doch noch ausgelöst wurde. Rotes Licht flackerte auf und ein ohrenbetäubendes Heulen brach aus. Sofort ging Kim wieder in Deckung. Dieses Mal hinter einem Stapel zusammengeklappter Gartenstühle. Die Sekunden zogen sich elend lang dahin. Kim ballte ihre Fäuste. Dann tat sich endlich etwas. Norbert und Roswitha erschienen auf der anderen Seite des Zauns. Er stopfte sich im Laufen eine Plastiktüte in den Rucksack. Roswitha war schon bei der Pforte angelangt. Dort war ein bärtiger Hüne mit Schubkarre aufgetaucht und starrte zuerst auf die Alarmanlage, dann auf Roswitha und Norbert. Er sagte etwas, was Kim nicht verstand. Eine weitere Sirene ertönte und mischte sich in das nervtötende Jaulen.

Norbert brüllte etwas. Der Mann reagierte ungehalten, woraufhin Roswitha ihre Waffe zückte. Der Mann auf dem Weg hob entsetzt beide Hände. Roswitha und Norbert drängten sich an seiner Schubkarre vorbei. Doch da kamen schon weitere Schaulustige in ihre Richtung. Der Alarm hatte die Leute aus den umliegenden Gärten gelockt. Norbert und Roswitha erkannten den Ernst der Lage. Ohne sich umzudrehen, rannten sie in Richtung Straße. Kim atmete auf und kletterte aus ihrem Versteck. Der Mann mit der Schubkarre stand noch immer verwirrt auf dem Weg.

»Alles okay?«, fragte Kim, als sie in Hörweite war.

Er rieb sich verwirrt den Nacken. »Ich glaube schon, Mädel. Wenn mich nicht alles täuscht, kommt da auch schon die Polizei.«

Die Partnachklamm bei Garmisch-Partenkirchen

Bayern

Hauptstadt: München
Größe: 70.542 km^2
Wissenswert: Der Freistaat Bayern ist das größte Bundesland Deutschlands.

!

Geheimtipp:

- Der Viktualienmarkt in München ist definitiv einen Besuch wert – nicht nur für Feinschmecker. Dort bekommt man auch exotische Früchte wie Rambutan und Kumquats.
- Die ganze Welt der Eisenbahnen kann man in Nürnberg erkunden. Dort steht nämlich das DB Museum.

WOW!

- Bayern hat als einziges Bundesland in Deutschland ein echtes Hochgebirge – die Alpen.
- Reißendes Wasser, bemooste Felsen, dunkle Tunnel und schmale Steige: Die Partnachklamm in der Nähe von Garmisch-Partenkirchen ist eine echte Natur-Attraktion.

Thüringen

SCHON BEREIST

NOCH NICHT BEREIST

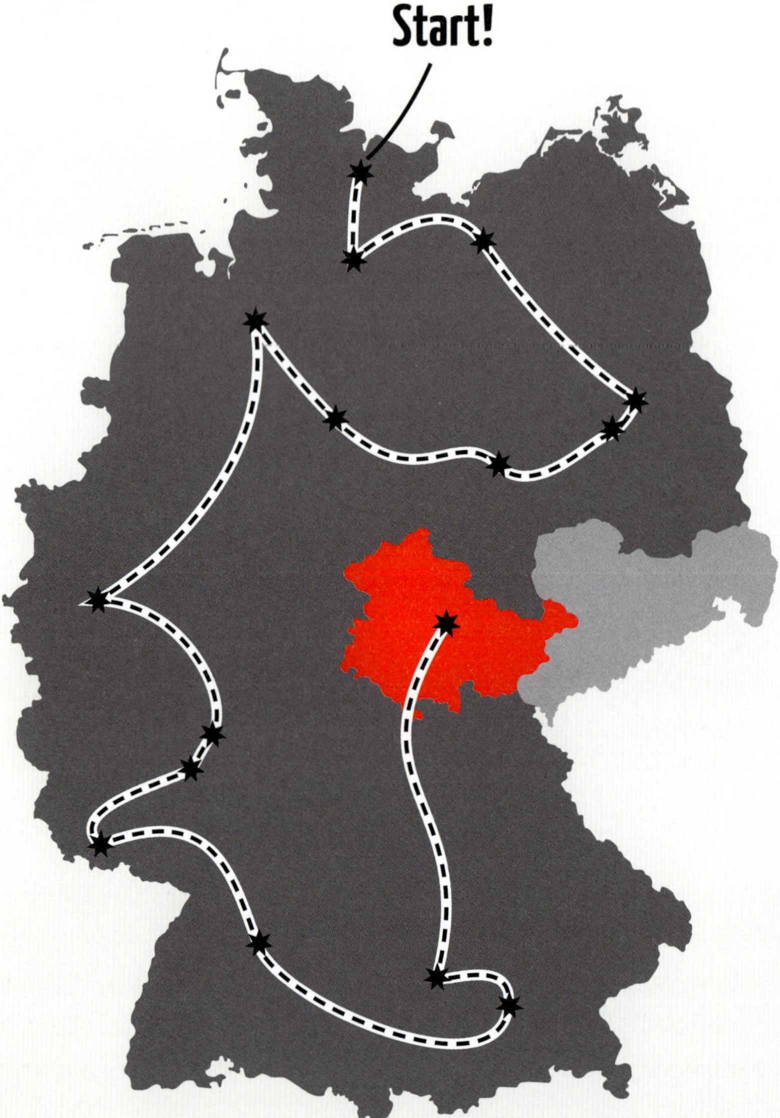

Joker ohne Bratwurst

Unser letzter Halt vor dem Ziel. Es fühlt sich schon komisch an. Ein schneller Stopp in Erfurt und dann geht es in Richtung Finale. (Kim)

Die Fahrt zum nächsten Ziel führte Team Grün zurück zum Hauptbahnhof von München. Dort mussten sie in den Zug nach Erfurt umsteigen. Außer den drei !!! war nur noch Anna dabei. Sabine Koopmann und auch Jonas waren in Augsburg geblieben. Es gab schließlich noch Klärungsbedarf. Team Grün löste nun endlich den Joker ein. Dafür gab es zwei Punkte. Außerdem konnten die Mädchen sich auf der Fahrt ausruhen, weil sie weder über Rätsel noch über eilige Aufgaben nachdenken mussten. Der Schrecken des Morgens ließ langsam nach. Die Anspannung fiel Stück für Stück von ihnen ab und machte der Erschöpfung Platz. Irgendwann schlief Anna ein. Marie hörte über Kopfhörer Musik und Franzi sah aus dem Fenster. Jede hing ihren Gedanken nach. Kim holte ihr Tagebuch aus dem Rucksack und zückte ihren Stift.

Detektivtagebuch von Kim Jülich
Freitag, 13:35 Uhr

Ich muss gerade noch verdauen, was wir heute erlebt haben! Kaum zu glauben, dass ich jetzt trotzdem im Zug nach Erfurt sitze. Das grenzt an ein Wunder. Ich hatte befürchtet, dass wir den Rest des Tages bei der Polizei verbringen würden. Aber dort wurden nur kurz unsere Personalien aufgenommen. Sabine Koopmann und Jonas mussten allerdings bleiben.

Aber alles von Anfang an: Wir haben die Beute gefunden! Frau Koopmanns Bruder (Jens) hatte den Schmuck aus dem Juwelenraub in einem alten Gartenzwerg versteckt – und zwar im Schrebergarten von seinem Kumpel Gerd. Und genau dieser Schrebergarten hat früher seiner Tante gehört. Als Kind war er manchmal zusammen mit seiner Schwester Sabine dort. Als er im Sterben lag, hat er eine Anspielung auf den Garten und den Zwerg gemacht. Er hat wohl gedacht, dass seine Schwester ihn sofort versteht. Aber sie stand jahrelang auf dem Schlauch, da sie nicht wusste, dass Gerd den Garten übernommen hatte. Zum Glück sind wir gemeinsam mit ihr auf das Versteck gekommen. Es hätte alles glattgehen können, wäre da nicht Jonas gewesen. Ehrlich gesagt, habe ich erst im Schrebergarten einen Verdacht geschöpft. Unser Betreuer war tierisch nervös und dann hat er plötzlich verstärkt geblinzelt. Seine Wangen röteten sich und er hat etwas geschwitzt. Das alles können Anzeichen dafür sein, dass jemand lügt. Zwar sind diese Zeichen nicht verlässlich, aber sie haben mich gewarnt. Die einzelnen Puzzlestücke ergaben plötzlich einen Sinn: die blutige Nase und die Verspätung von Jonas in Bremen, der Eindruck, dass er danach häufig gestresst wirkte, und die Tatsache, dass er immerzu am Handy zugange war. Es ging ihm ja tatsächlich nicht gut. Norbert und Roswitha hatten ihn erwischt und mächtig unter Druck gesetzt. Von da an hat er sie genau über unsere Reiseroute und unsere Gespräche informiert. Die Juwelendiebe brauchten uns also nicht mehr zu verfolgen. Sie haben abgewartet, bis Jonas ihnen die entscheidende Nachricht geschickt hat: »Der Schatz ist in Augsburg in einem Kleingartenverein.« Danach bekam Jonas auch prompt eine Anweisung. Wir sollten die richtige Parzelle herausfinden und dann wieder gehen. Jonas hätte das auch fast geschafft. Doch ich war misstrauisch geworden. Deshalb haben wir einen Plan geschmiedet, der fast nach hinten losgegangen wäre. Marie, Franzi und ich haben den Schmuck aus der Plastiktüte genommen und durch den Modeschmuck von Marie ersetzt. Wir wollten sichergehen, dass weder Sabine Koopmann noch Norbert und Roswitha mit der Beute entkommen. Als kurz darauf klar wurde, dass mit Jonas wirklich etwas faul war, bin ich unter einem Vorwand hinter die Laube gelaufen und habe Kommissar Peters angerufen. Er hat die Kollegen in Augsburg informiert. Kaum hatte ich aufgelegt, als auch schon Norbert und Roswitha auftauchten. Ich habe mich schnell versteckt. Natürlich habe ich gehofft, dass sie einfach die falschen Juwelen schnappen und abhauen würden. Doch leider hatten die Diebe andere Pläne. Fast hätte Norbert unseren Schwindel entdeckt! Er wollte sich die falsche Beute ansehen. Das konnte ich nicht zulassen. Immerhin hatte er Franzi, Marie und Anna in seiner Gewalt. Es war schrecklich! Meine Knie waren weich wie Butter. Aber ich habe die Angst einfach ignoriert. An der Nachbarlaube gab es eine Alarmanlage. Die habe ich ausgelöst. Norbert und Roswitha flohen mit dem falschen Schmuck, wurden dabei aber von einem Zeugen gesehen. Ein Mann mit Schubkarre hat ihnen den Weg versperrt und sie haben ihn bedroht. Kurz vor dem Ausgang des Schrebergartens wurde das Pärchen samt Beute von der Polizei aufgehalten. Der Mann aus dem Garten hat den Beamten sofort erzählt, dass er mit einer Pistole bedroht wurde. Das konnten die Nachbarn von schräg gegenüber auch bestätigen. Franzi, Marie und ich haben ebenfalls noch eine kurze Aussage gemacht. Sabine Koopmann wird gerade noch ausgiebig auf der Wache befragt und Jonas muss aussagen, dass er bedroht wurde. Roswitha und Norbert werden sich dann vor Gericht für ihre Taten verantworten müssen. Es läuft auf jeden Fall auf eine längere Freiheitsstrafe hinaus. Sabine Koopmann kann also aufatmen. Sie wird zunächst bei ihrer Cousine Hedwig in Gersthofen bleiben, dann aber wieder in ihre alte Heimat zurückkehren. Sie möchte in der Nähe von ihrer Tochter und Anna wohnen. Ich hoffe, dass die Familie wieder zueinanderfindet.

Reisetagebuch von Kim Jülich
Freitag, 14:00 Uhr

Jetzt geht es schon nach Erfurt. Unser ICE schießt in Richtung Norden, vorbei an Nürnberg, Erlangen und Bamberg. Wir haben den Joker eingesetzt, damit wir dieses Mal keine Aufgabe lösen müssen. Die Punkte können wir außerdem auch echt gut gebrauchen. Die Jungen sind uns nämlich einen Punkt voraus. Es sieht so aus, als würde Team Gelb nun doch gewinnen. ☹

In Erfurt gönnten sich die Mädchen einen heißen Kakao beim Bäcker. Dann eilten sie zum Gleis, an dem ihr ICE in wenigen Minuten abfahren sollte.

»Gleich haben wir es geschafft«, keuchte Marie. Ihr Schuhbeutel schlug ihr beim Laufen in die Seite. Aber sie hatte sich inzwischen an ihr ausladendes Gepäck gewöhnt und ignorierte es tapfer.

Kaum hatte sie die Worte ausgesprochen, als eine Durchsage erklang: »Meine Damen und Herren, bitte beachten Sie: Der ICE 1651 nach Dresden Hauptbahnhof – über Leipzig, Riesa – Abfahrt 17:40 Uhr – wird aufgrund eines starken Unwetters auf der Strecke circa 30 Minuten später eintreffen. Wir bitten um Entschuldigung.«
Marie stöhnte auf, doch Anna blieb gelassen. »Wir schaffen es trotzdem noch rechtzeitig.«
Der Bahnsteig war voll. Ein Vater mit Kindern sah immer wieder auf seine Armbanduhr – so, als könne er den Zug beschleunigen. Ein Mann mit hellblondem Bürstenschnitt fluchte vor sich hin. »Schon wieder zu spät, ey!«

»Du hast doch gehört, dass es stürmt«, sagte sein Begleiter. »War doch auch in den Nachrichten. Im Südwesten geht gerade die Welt unter.«

»Ist es wirklich so schlimm?«, fragte Franzi.

»Wenn man dem Zeitungsständer beim Bäcker glaubt, dann ja«, meinte Kim. »Wobei sich die Schlagzeiten durchaus unterscheiden. Während das eine Blatt von einem *Sturmtief* redet, hat ein anderes Blatt die Wetterlage als *Höllen-Tornado* bezeichnet. Es sind jedenfalls ein paar Bäume umgekippt.«

»Ausgerechnet heute«, sagte Franzi missmutig.

»Sei doch froh«, meinte Kim. »Gestern waren wir noch im Saarland. Da hätte es uns voll getroffen.«

»Team Gelb ist jetzt bestimmt schon in Dresden«, meinte Marie.

Kim zuckte mit den Schultern. »Oder sie müssen hier in Erfurt eine Aufgabe erledigen.«

Kim behielt recht. Keine zehn Minuten später tauchte Team Gelb auf.

»Was für ein Glück«, rief Tobi. Er sah die Mädchen herausfordernd an. »Der Zug wartet extra auf uns. Und die Damen vom Team Grün ebenfalls.«

»Sehr lustig«, sagte Marie knapp.

»Musstet ihr euch vor dem Erfurter Dom fotografieren?«, fragte Kim – einfach nur, um Tobi keine Gelegenheit für weitere Frechheiten zu geben.

Erik klopfte sich auf den Bauch. »Das Detektiv-Team war regional essen.«

»Die Aufgabe hatten wir auch.« Franzi gab sich alle Mühe, nicht zu gereizt zu klingen. »Was isst man denn hier so?«

»Ja, was wohl?«, fragte Tobi von oben herab. »Du bist nicht die hellste Kerze auf der Torte, oder?«
»Im Gegensatz zu euch bin ich ein Flutlicht«, gab Franzi zurück. »Ich wette, es gab Thüringer Bratwurst.«
»Es kann denken«, sagte Tobi mit gespielter Überraschung.
»Ja, es kann denken. Sogar so weit, dass es nun endgültig davon überzeugt ist, Vegetarierin zu werden!«, sagte Franzi kühl.
»Thüringer Würste sind aber echt lecker«, flüsterte Kim ihrer Freundin zu.
»Ich habe Tiere einfach zu gern«, erklärte Franzi. »Allerdings nicht auf dem Teller.«
»Wusste ich doch, dass du so eine Öko-Tante bist.« Luca verdrehte die Augen. »Bestimmt glaubst du auch an diesen ganzen Klima-Mist!«
»Das ist kein Mist!« Jetzt wurde Franzis Stimme lauter. »In was für einer Welt lebst du eigentlich? Schon mal davon gehört, dass sich die Anzahl der schweren Unwetter innerhalb von knapp vierzig Jahren verdreifacht hat? Davon, dass ...«
»... du zu viel laberst?«, beendete Tobi den Satz.
Die Betreuer machten belustigte Gesichter. Einer der jungen Männer klopfte Tobi freundschaftlich auf die Schulter. »Hör auf, Kumpel. Das Mädchen ist schlauer als ihr.«
»Quatsch«, sagte Luca. »Wir gewinnen doch gerade.«
»Wartet die letzte Aufgabe ab«, mahnte der Betreuer.
Tobi und Luca gaben sich siegessicher. Leon tat wie immer unbeteiligt. Nur Erik warf Franzi einen entschuldigenden Blick zu.

Thüringen

Hauptstadt: Erfurt
Größe: 16.202 km^2
Wissenswert: Der Freistaat Thüringen gilt als »grünes Herz« Deutschlands.

Die Krämerbrücke in Erfurt

Geheimtipp:

- Die Saalfelder Feengrotten sind ein echtes Erlebnis. In einem alten Bergwerk ist eine einzigartige Tropfsteinhöhle entstanden. Ein Besuch in der farbenreichsten Schaugrotte der Welt lohnt sich für alle, die einmal die Unterwelt von Thüringen bestaunen wollen.
- Ein Wahrzeichen von Erfurt ist die Krämerbrücke. Sie führt über den Fluss Gera und ist komplett mit Fachwerkhäusern bebaut. Sie ist die längste bewohnte Brücke Europas.

WOW!

- In Thüringen werden jährlich mehr als 200 Millionen Rostbratwürste verkauft.

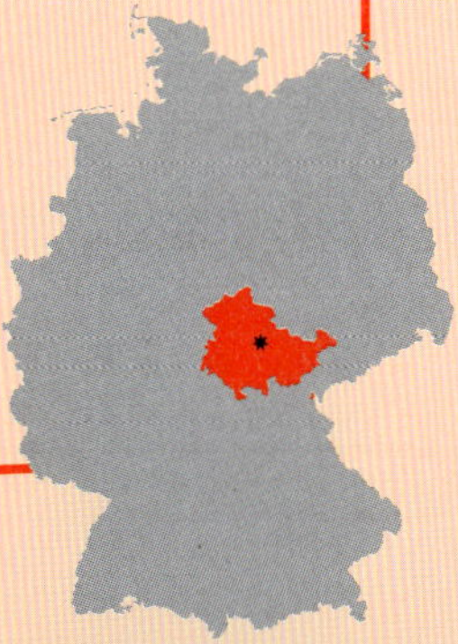

Sachsen

SCHON BEREIST

NOCH NICHT BEREIST

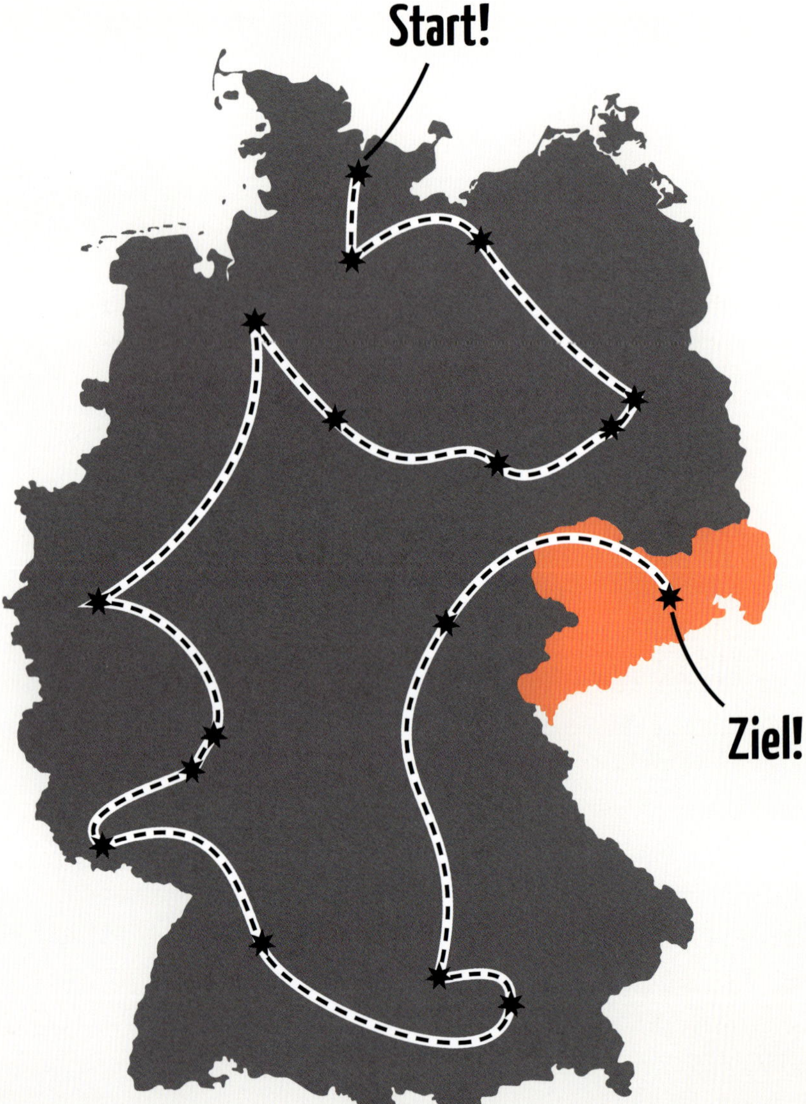

Finale mit Konfetti

Wir gehen auf die Zielgerade. Zwischen Kiel und Dresden haben wir so viel gesehen und erlebt. Sind wir wirklich erst vor drei Tagen gestartet? (Marie)

Als der Zug mit reichlich Verspätung kam, stiegen die Teams in unterschiedliche Wagen.
»Hoffentlich schaffen wir es rechtzeitig zum Ziel.« Marie schaute auf ihre Armbanduhr. »Wir müssen ja auch noch eine letzte Karte ziehen.«
»Bitte lass es ein Rätsel sein«, flehte Franzi. »Oder einen Joker.«
»Im Kartenset gibt es leider nur einen Joker«, erklärte Anna. »Und insgesamt drei Strafkarten.«
»Oje.« Kims Hand zitterte, als sie zum letzten Mal in den Kasten griff.
»Es ist … keine Strafkarte«, verkündete Anna. »Glück gehabt. Ihr müsst eine Rätselfrage beantworten.«
»Uff«, machte Franzi. »Glück gehabt.«
»Hmm …«, sagte Anna. »Es klingt nicht so leicht: *Detektive, jemand ist in Not. Löst schnell den vorliegenden Code! Sprich eins, neun – neun und null laut aus und finde dann die Lösung raus: 23/9/5/4/5/18/22/5/18/5/9/14/9/7/21/14/7.*«
»Ein Zahlencode!« Kim blickte auf die Karte. Das war ein Rätsel nach ihrem Geschmack.
»Ich passe.« Franzi lehnte sich zurück und sah hinaus in den goldenen Abend. Die untergehende Sonne lag hinter ihnen, während sie in Richtung Sachsen fuhren.

»Man muss das System verstehen«, erklärte Kim. »Zuerst sind die Zahlen in Buchstaben geschrieben. Sie ergeben 1990.«
»Eine Jahreszahl?«, vermutete Marie.
»Ich denke schon.« Kim nickte. »Wenn man nun wiederum die Zahlen aus dem zweiten Teil in Buchstaben umrechnet ...«
»Wie soll das denn gehen?«, fragte Anna ehrlich interessiert.
»Es ist eine sehr einfache Verschlüsselungsmethode«, sagte Kim. »Jeder Buchstabe des Alphabets bekommt eine Zahl. Normalerweise steht dann die 1 für den Buchstaben A, die 2 für B, die 3 für C und schließlich die 26 für das Z.«
»Am besten schreiben wir das auf«, schlug Marie vor.
Kurz darauf hatten sie alle Buchstaben mit den dazugehörigen Zahlen auf einem Zettel notiert. Auch Franzi war plötzlich wieder mit Feuereifer dabei.
»Die 23 ist ein W!«, sagte Kim.
»Und die 9 ein I«, rief Marie.
Kim schrieb begeistert mit. »Es folgt ein E.«
»Wie...«, las Anna.
»D...E...R«, notierte Kim.
»Jetzt ein V!«, kam es von Franzi.
»Das heißt Wiedervereinigung, garantiert!« Marie grinste von einem Ohr zum anderen.
»Es sieht so aus.« Kim überprüfte den Verdacht, dann strahlte sie. »Die Lösung lautet: 1990, Wiedervereinigung.«
Anna war schon dabei, die Lösung anzuleuchten. Dann strahlte sie ebenfalls. »Richtig! Jetzt müsst ihr nur noch das Foto am Bahnhof von Dresden machen und bis um 19:00 Uhr bei der Preisverleihung eintreffen.«

Dresden war ein Meer aus Lichtern in der Dunkelheit. Der ICE traf mit 25 Minuten Verspätung im Hauptbahnhof ein, aber die Stimmung an Bord war gut. Nur wenige Minuten später schoss Anna das letzte gemeinsame Bahnhofsfoto der Reise vor dem Schild »Dresden Hbf«. Kim kam es plötzlich so vor, als wären sie für das Spiel mehrere Wochen unterwegs gewesen. Dabei lag der Start in Kiel erst drei Tage zurück.

»Wir müssen uns beeilen, wenn wir das Hotel rechtzeitig erreichen wollen«, mahnte Marie.

»Bis 19:00 Uhr schaffen wir das doch locker«, winkte Franzi ab. »Und Team Gelb steht noch da drüben.« Sie wies auf die Gruppe, die sich auf dem Bahnsteig versammelt hat. »Sieht so aus, als würden die etwas besprechen.«

»Sehr gut, dann kommen die hoffentlich zu spät.« Kim steuerte bereits den Ausgang an.

Das Hotel, in dem die Siegerehrung stattfinden sollte, war ein schmuckloses Gebäude einer großen Kette. Dafür war es schön gelegen. Für die Teams waren bereits Zimmer reserviert und Wunderbach-Spiele hatte zusätzlich einen Konferenzraum im Erdgeschoss gemietet. Der war nun mit Spielen, Pappaufstellern und Lichterketten in den Farben des Verlags geschmückt. Auf einem Tisch war eine große Uhr aufgebaut. Herr Wunderbach und sein Team warteten bereits – genau wie ein paar Journalisten. Zum Abholen war dieses Mal Frau Winkler gekommen. Franzi umarmte ihre Mutter stürmisch. Kim und Marie behielten die Tür im Blick. Für einen kurzen Moment sah es so aus, als würde das zweite Team es nicht rechtzeitig schaffen. Der Zeiger der Uhr stand auf 18:57 Uhr. Da platzte Team

Gelb doch noch in den Raum. Sie begrüßten knapp ihre Eltern, dann setzten sie sich. Herr Wunderbach räusperte sich. »Vier aufregende Tage liegen nun hinter unseren Teams. Wie ich gehört habe, waren die Reisen ein echtes Abenteuer und unsere Reisedetektive haben sich tapfer geschlagen.«

Team Gelb und Team Grün tauschten angespannte Blicke. Die Punkte ihrer letzten Fahrt waren noch nicht online verkündet worden. Es blieb spannend. Kim hatte bereits alle Möglichkeiten durchgerechnet. In Erfurt waren die Jungen einen Punkt voraus gewesen. Hatten sie die letzte Aufgabe oder das letzte Rätsel gemeistert, waren sie die Gewinner. Ebenso im Fall einer Jokerkarte. Bei einer Strafkarte für Team Gelb wäre immerhin Gleichstand und bei einer falschen Antwort doch noch ein knapper Sieg für die Mädchen möglich. Herr Wunderbach lächelte die Teams wohlwollend an. »Wie ich eben gehört habe, musste das Team Gelb eben noch eine Strafaufgabe am Bahnhof erledigen: Passanten auf Englisch fragen, wo die Toiletten sind.«

Ein paar Leute im Publikum lachten. Tobi verdrehte die Augen. »Ey, mein Stolz ist im Keller!«

Herr Wunderbach musste schmunzeln. »Ihr habt euch überwunden und auch diese unangenehme Aufgabe erledigt.«

Die Betreuer von Team Gelb klatschten.

»Beide Detektiv-Teams konnten die Herausforderung mit 16 Bundesländern in vier Tagen meistern«, sagte Herr Wunderbach strahlend. »Und jetzt sind beide mit Gleichstand in Dresden angekommen.«

Ein Raunen ging durch die Zuschauer. Jemand machte Fotos.

»Wer hat nun also gewonnen?«, fragte Herr Wunderbach.

»Ist ja klar«, rief Luca missmutig. »Beide Teams.«
»Nicht ganz«, erwiderte Herr Wunderbach. »Mir ist zu Ohren gekommen, dass es eine Sonderstation gab – eine 17. Stadt, in der eine schwierige Aufgabe gelöst wurde.«
Team Gelb sah misstrauisch zu den drei !!! herüber, während Herr Wunderbach fortfuhr: »In Augsburg hat Team Grün die verschollene Beute aus einem echten Juwelendiebstahl sichergestellt und zwei Verbrecher auf frischer Tat ertappt. Für diesen mutigen Einsatz vergebe ich an die Detektivinnen von Team Grün einen Sonderpunkt.«
Frau Winkler war blass geworden. Vermutlich fand sie den mutigen Einsatz nicht ganz so bewundernswert wie Herr Wunderbach. Die Mädchen würden bestimmt später noch einen Vortrag über gefährliche Situationen hören. Aber jetzt war erst einmal die Siegerehrung dran. Herr Wunderbach kam mit dem Pokal in der Hand auf sie zu. Dabei sah er dem Gartenzwerg aus Augsburg nicht unähnlich. Franzi kicherte leise, während Kim den Pokal für ihr Team entgegennahm. Ein Tusch wurde

gespielt und ein Konfettiregen ergoss sich über die Mädchen. Anna gratulierte ihnen überschwänglich. »Das muss ich nachher gleich meiner Großmutter erzählen.«

»Mach das.« Kim strahlte Anna an. »Und grüß sie bitte von uns!«

Mehr konnte Kim nicht sagen. Laute Musik erklang und die Party startete. Um die meisten Mitglieder von Team Gelb machten die Mädchen lieber einen großen Bogen. Nur mit Erik unterhielten sie sich über die Erlebnisse. Es gab schließlich so viel zu erzählen. Das war dem DJ jedoch egal. Er legte pausenlos auf und drehte die Regler für die Lautstärke bis an den Anschlag.

Als die Mädchen den Raum um 20:30 Uhr verließen, brummten ihre Ohren. Sie waren erschöpft, aber glücklich – mit buntem Konfetti im Haar. Der Pokal glänzte im Schein der Deckenlampen und die Last der letzten Tage fiel nun endgültig von ihnen ab.

»Die drei !!! sind gut«, sagte Kim leise.

»Die drei !!! sind besser«, kam es von Franzi.

»Die drei !!! sind …«, gähnte Marie, »… unschlagbar!«

Die Basteibrücke in der Sächsischen Schweiz

Sachsen

Hauptstadt: Dresden

Größe: 18.450 km²

Wissenswert: Der Freistaat Sachsen entstand aus dem Königreich Sachsen.

Geheimtipp:

- Die zweitgrößte Buchmesse Deutschlands findet jedes Jahr im Frühjahr in Leipzig statt. Neben Büchern werden hier vor allem auch Comics und Manga präsentiert.
- Eine bizarre, wildromantische Felsenwelt erwartet die Besucher der Sächsischen Schweiz.

WOW!

- Wer seine Höhenangst überwinden will, kann das auf einer der längsten Fußgängerseilbrücken der Welt tun. Von der Titan RT blickst du 100 Meter in die Tiefe.
- Der größte Nussknacker der Welt steht im Nussknackermuseum im Erzgebirge. Er ist 10,10 m hoch.

Best Friends

Die drei !!!

Clevere Girls knacken jeden Fall!

- ☐ Die Handy-Falle
- ☐ Betrug beim Casting
- ☐ Gefährlicher Chat
- ☐ Gefahr im Fitness-Studio[e]
- ☐ Tatort Paris[e]
- ☐ Skandal auf Sendung[e]
- ☐ Vorsicht Strandhaie![e]
- ☐ Skaterfieber[e]
- ☐ Im Bann des Tarots[e]
- ☐ Tanz der Hexen[e]
- ☐ Kuss-Alarm[e]
- ☐ Popstar in Not[e]
- ☐ Gefahr im Reitstall
- ☐ Spuk am See[e]
- ☐ Duell der Topmodels[e]
- ☐ Total verknallt![e]
- ☐ Gefährliche Fracht[e]
- ☐ VIP-Alarm[e]
- ☐ Teuflisches Handy
- ☐ Beutejagd am Geistersee[e]
- ☐ Skandal auf der Rennbahn[e]
- ☐ Jagd im Untergrund[e]
- ☐ Undercover im Netz[e]
- ☐ Fußballstar in Gefahr[e]
- ☐ Herzklopfen![e]
- ☐ Tatort Filmset[e]
- ☐ Vampire in der Nacht[e]
- ☐ Achtung, Promihochzeit![e]
- ☐ Panik im Freizeitpark[e]
- ☐ Falsches Spiel im Internat[e]
- ☐ Betrug in den Charts[e]
- ☐ Party des Grauens[e]
- ☐ Küsse im Schnee[e]
- ☐ Brandgefährlich![e]
- ☐ Diebe in der Lagune[e]
- ☐ SOS per GPS[e]
- ☐ Mission Pferdeshow[e]
- ☐ Stylist in Gefahr
- ☐ Verliebte Weihnachten
- ☐ Achtung, Spionage![e]
- ☐ Im Bann des Flamenco
- ☐ Geheimnis der alten Villa
- ☐ Nixensommer
- ☐ Skandal im Café Lomo!
- ☐ Tatort Geisterhaus
- ☐ Filmstar in Gefahr
- ☐ Unter Verdacht
- ☐ Die Maske der Königin
- ☐ Skandal auf dem Laufsteg
- ☐ Freundinnen in Gefahr
- ☐ Krimi-Dinner
- ☐ Das rote Phantom
- ☐ Hochzeitsfieber!
- ☐ Klappe und Action!
- ☐ Wildpferd in Gefahr
- ☐ Geheimnis im Düstermoor
- ☐ Tatort Kreuzfahrt
- ☐ Gorilla in Not
- ☐ Das geheime Parfüm
- ☐ Liebes-Chaos!
- ☐ Der Fall Dornröschen
- ☐ Spuk am Himmel
- ☐ Flammen in der Nacht
- ☐ Der Graffiti-Code
- ☐ Heuler in Not
- ☐ Tanz der Herzen
- ☐ Tatort Geisterbahn
- ☐ Gefahr im Netz
- ☐ Nacht der Wölfe
- ☐ Gefährliches Spiel
- ☐ Gefahr in den Ruinen
- ☐ Kuss der Meerjungfrau
- ☐ Legende der Einhörner
- ☐ Rätsel der Vergangenheit
- ☐ Tatort Hollywood
- ☐ #Falscher Ruhm
- ☐ Achtung, Gaunerzeichen!
- ☐ Das Bienengeheimnis
- ☐ Vier Pfoten in Gefahr
- ☐ Ein echt schöner Fall
- ☐ Geheimnis im Spukhotel
- ☐ Das Konfetti-Komplott
- ☐ Voller Einsatz für die Erde
- ☐ Luftballon-Küsse
- ☐ Ein Fall mit Herz und Huf
- ☐ Rätselhafter Raub
- ☐ Geheimnisvoller Liebestrank

Alle Bücher auch als E-Book erhältlich
[e] nur als E-Book erhältlich

diedreiausrufezeichen.de

Die drei !!!

Stadt – Land – Fluss

STADT	LAND	FLUSS	BUCH	TIER	KLEIDUNGSSTÜCK	Summe

Stadt – Land – Fluss

STADT	LAND	FLUSS	BUCH	TIER	KLEIDUNGSSTÜCK	Summe

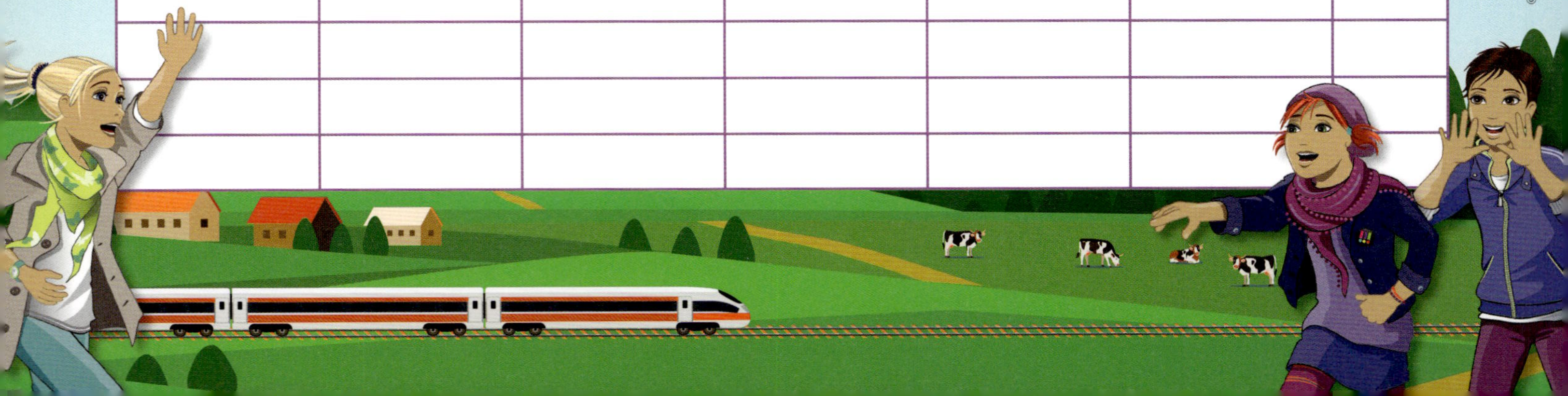

Die drei !!!

Stadt – Land – Fluss

STADT	LAND	FLUSS	BUCH	TIER	KLEIDUNGSSTÜCK	Summe

Stadt – Land – Fluss

STADT	LAND	FLUSS	BUCH	TIER	KLEIDUNGSSTÜCK	Summe

Stadt – Land – Fluss

STADT	LAND	FLUSS	BUCH	TIER	KLEIDUNGSSTÜCK	Summe

Die drei !!!

Stadt – Land – Fluss

STADT	LAND	FLUSS	BUCH	TIER	KLEIDUNGSSTÜCK	Summe

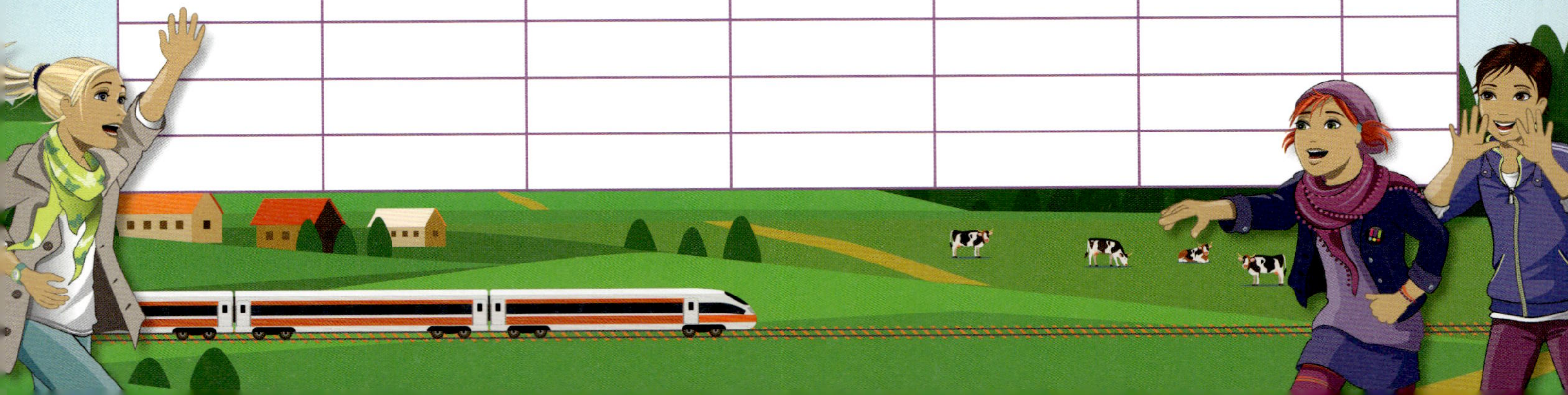

Stadt – Land – Fluss

STADT	LAND	FLUSS	BUCH	TIER	KLEIDUNGSSTÜCK	Summe

Stadt – Land – Fluss

STADT	LAND	FLUSS	BUCH	TIER	KLEIDUNGSSTÜCK	Summe

Die drei !!!

Stadt – Land – Fluss

STADT	LAND	FLUSS	BUCH	TIER	KLEIDUNGSSTÜCK	Summe

Stadt – Land – Fluss

STADT	LAND	FLUSS	BUCH	TIER	KLEIDUNGSSTÜCK	Summe

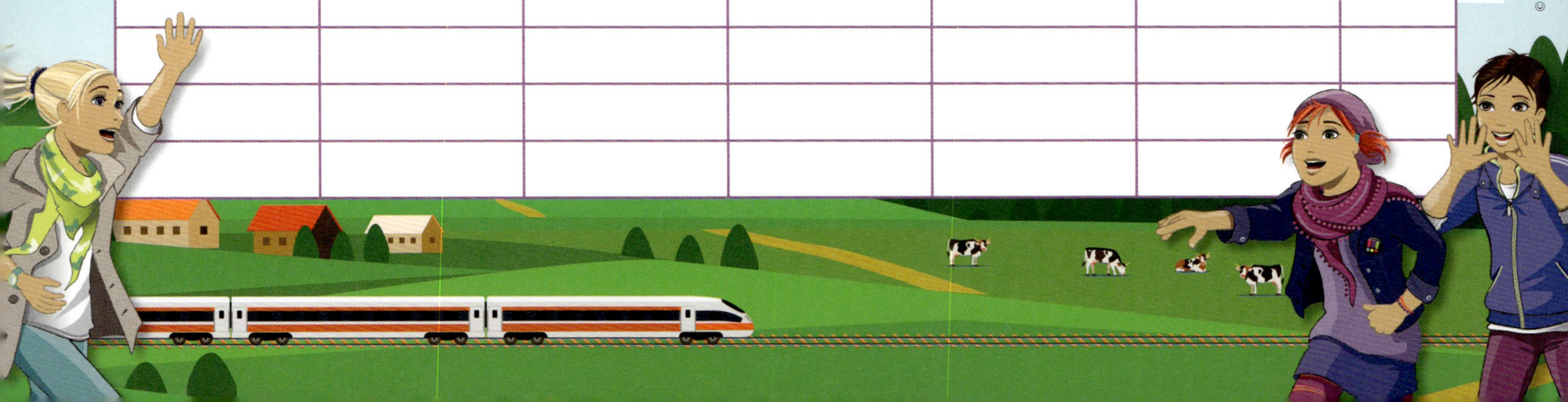

Stadt – Land – Fluss

STADT	LAND	FLUSS	BUCH	TIER	KLEIDUNGSSTÜCK	Summe

Die drei !!!

Stadt – Land – Fluss

STADT	LAND	FLUSS	BUCH	TIER	KLEIDUNGSSTÜCK	Summe

Stadt – Land – Fluss

STADT	LAND	FLUSS	BUCH	TIER	KLEIDUNGSSTÜCK	Summe

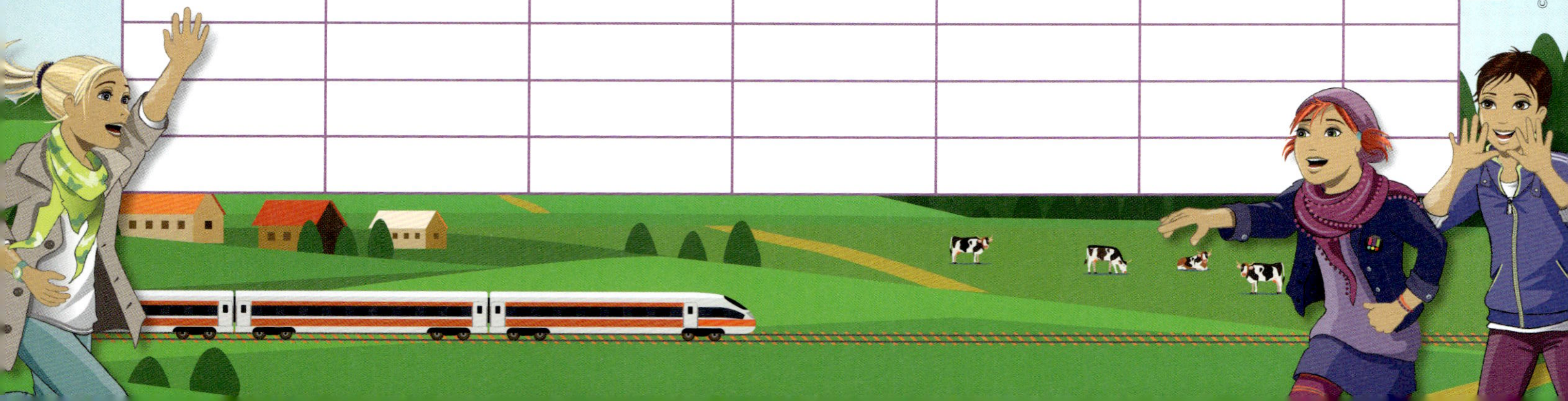

Stadt – Land – Fluss

STADT	LAND	FLUSS	BUCH	TIER	KLEIDUNGSSTÜCK	Summe

Die drei !!!

Stadt – Land – Fluss

STADT	LAND	FLUSS	BUCH	TIER	KLEIDUNGSSTÜCK	Summe

Stadt – Land – Fluss

STADT	LAND	FLUSS	BUCH	TIER	KLEIDUNGSSTÜCK	Summe

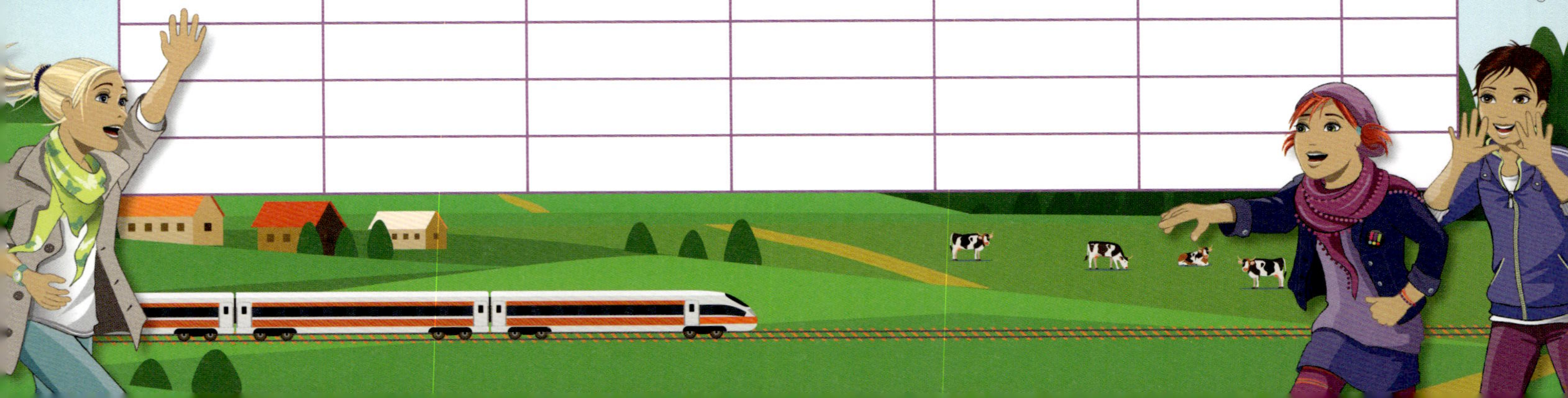

Stadt – Land – Fluss

STADT	LAND	FLUSS	BUCH	TIER	KLEIDUNGSSTÜCK	Summe

Stadt – Land – Fluss

STADT	LAND	FLUSS	BUCH	TIER	KLEIDUNGSSTÜCK	Summe

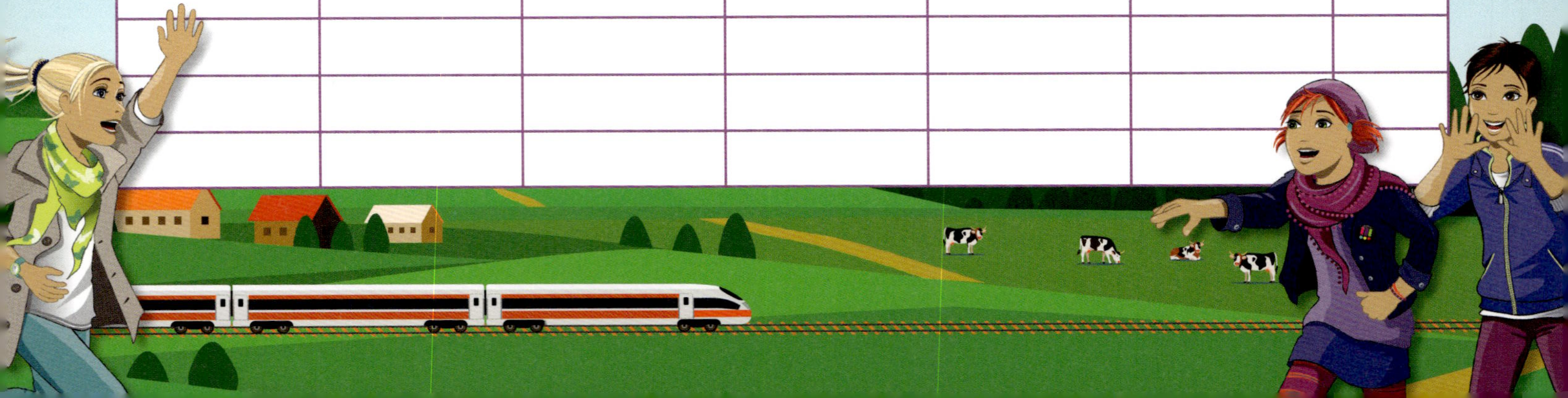

Die drei !!!

Stadt – Land – Fluss

STADT	LAND	FLUSS	BUCH	TIER	KLEIDUNGSSTÜCK	Summe

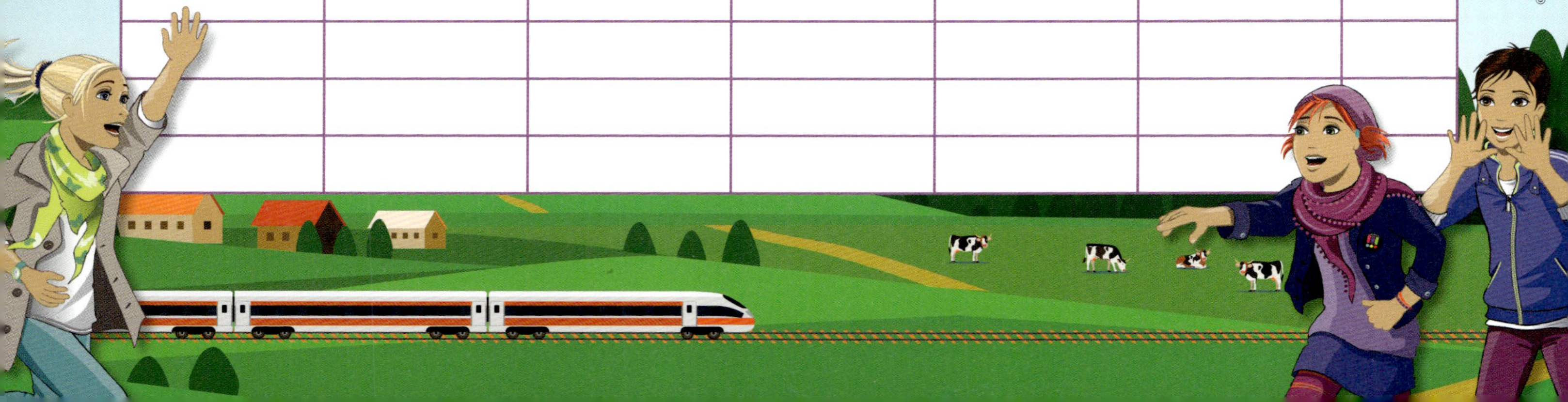

Die drei !!!

Stadt – Land – Fluss

STADT	LAND	FLUSS	BUCH	TIER	KLEIDUNGSSTÜCK	Summe

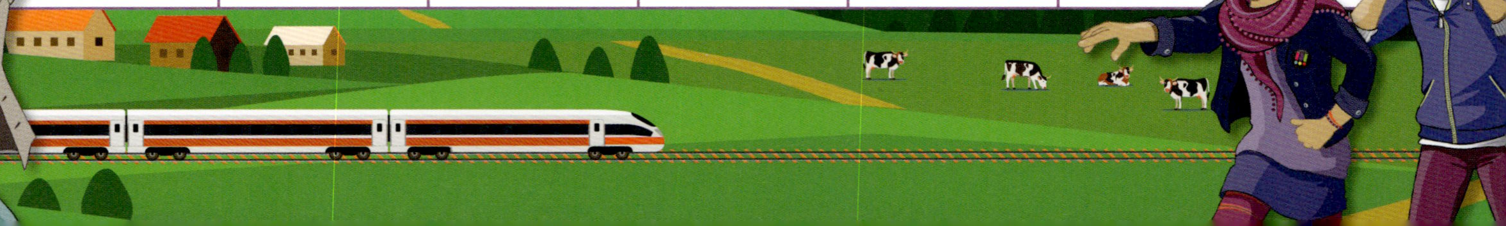

Stadt – Land – Fluss

STADT	LAND	FLUSS	BUCH	TIER	KLEIDUNGSSTÜCK	Summe

Stadt – Land – Fluss

STADT	LAND	FLUSS	BUCH	TIER	KLEIDUNGSSTÜCK	Summe

Stadt – Land – Fluss

STADT	LAND	FLUSS	BUCH	TIER	KLEIDUNGSSTÜCK	Summe

Stadt – Land – Fluss

STADT	LAND	FLUSS	BUCH	TIER	KLEIDUNGSSTÜCK	Summe

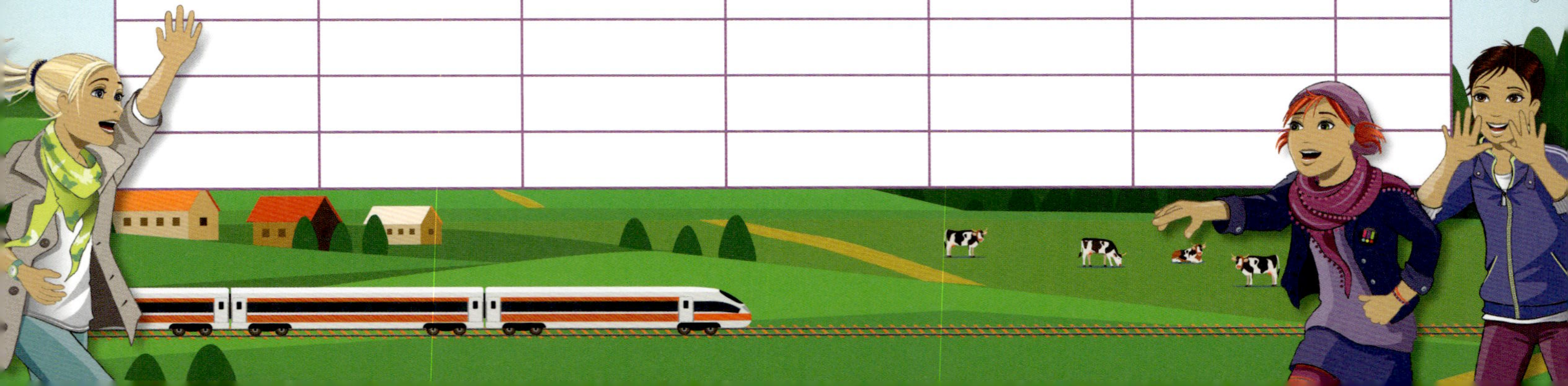

Stadt – Land – Fluss

STADT	LAND	FLUSS	BUCH	TIER	KLEIDUNGSSTÜCK	Summe

Stadt – Land – Fluss

STADT	LAND	FLUSS	BUCH	TIER	KLEIDUNGSSTÜCK	Summe

Die drei !!!

Stadt – Land – Fluss

STADT	LAND	FLUSS	BUCH	TIER	KLEIDUNGSSTÜCK	Summe

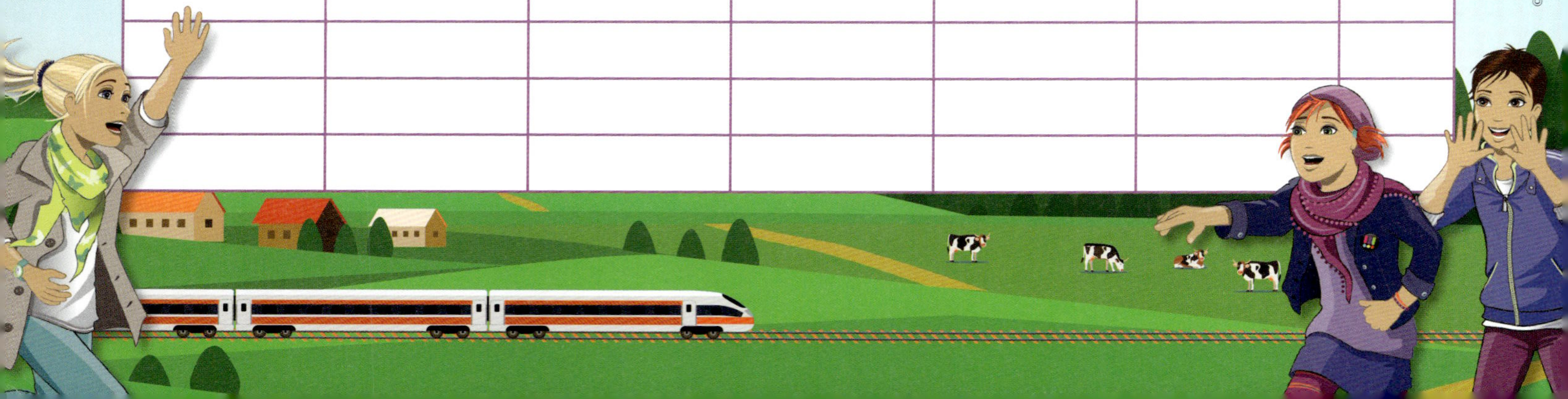

Stadt – Land – Fluss

STADT	LAND	FLUSS	BUCH	TIER	KLEIDUNGSSTÜCK	Summe

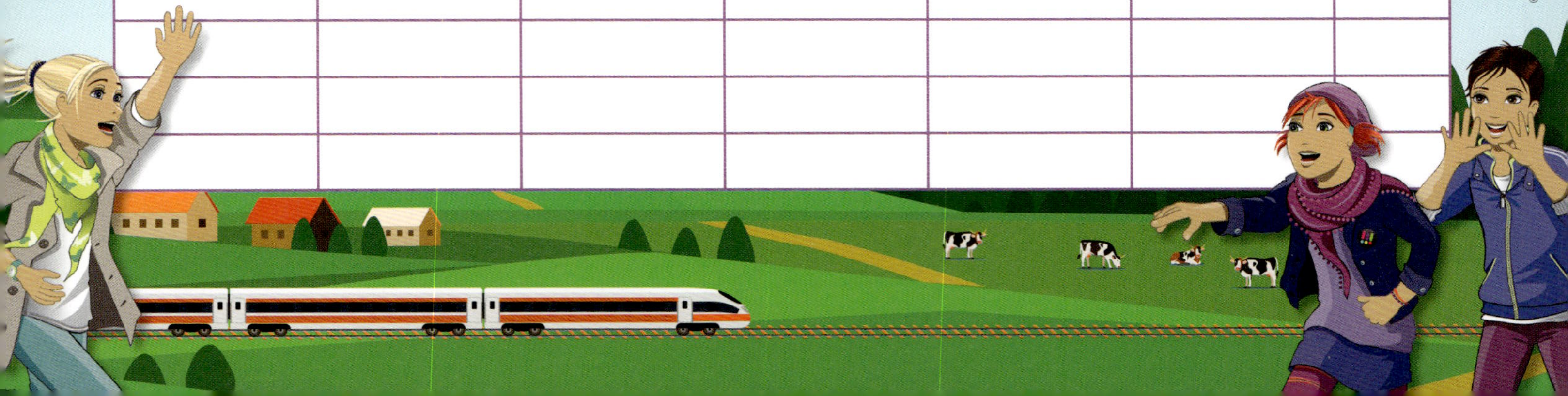

Die drei !!!

Stadt – Land – Fluss

STADT	LAND	FLUSS	BUCH	TIER	KLEIDUNGSSTÜCK	Summe

Die drei !!!

Stadt – Land – Fluss

STADT	LAND	FLUSS	BUCH	TIER	KLEIDUNGSSTÜCK	Summe

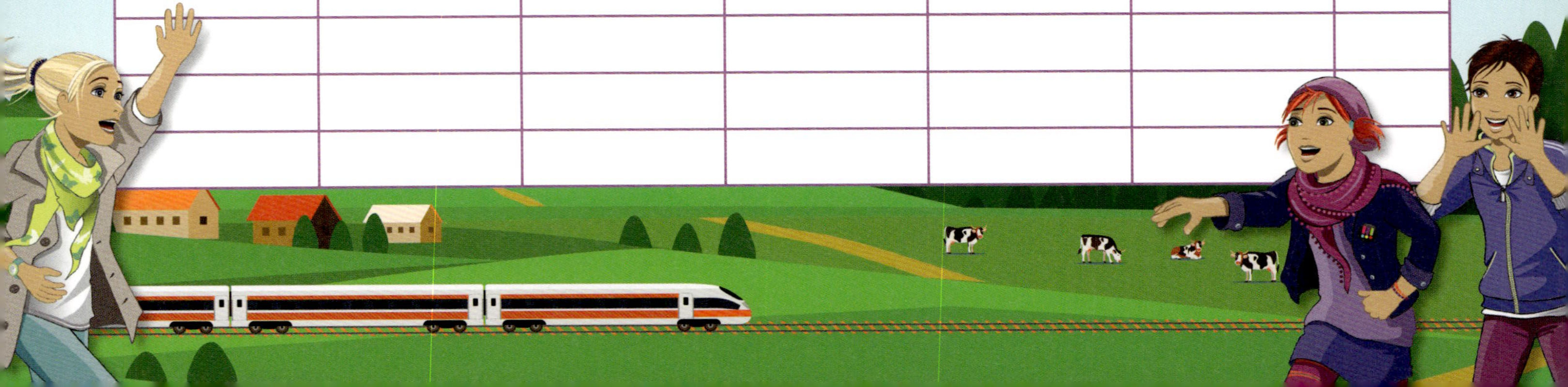

Die drei !!!

Stadt – Land – Fluss

STADT	LAND	FLUSS	BUCH	TIER	KLEIDUNGSSTÜCK	Summe

Stadt – Land – Fluss

STADT	LAND	FLUSS	BUCH	TIER	KLEIDUNGSSTÜCK	Summe